QV

Fritz Specht

Fritz Specht vertellt

Quickborn-Verlag

5. Auflage 1986

ISBN-Nr. 3 87651 044 9

Umschlagfoto: Uwe Jens Niss
Gesamtherstellung: Hans Kock Buch- und Offsetdruck GmbH, Bielefeld

VORWORT

Fritz Specht — ein Meister der kleinen Form

Dramatiker, Epiker und Lyriker bilden auch im Niederdeutschen die Phalanx jener Autoren, die bei Literaturwissenschaftlern und Kritikern von vornherein einer Begutachtung ihrer Werke gewiß sein können. Andere Schriftsteller, z. B. Essayisten und Feuilletonisten, scheinen solcher Wertung nicht im gleichen Maße würdig zu sein, obgleich künstlerische Substanz und handwerkliche Formgebung ihrer Arbeit in Einzelfällen noch stärker das Interesse der Öffentlichkeit erregen und manchmal auch mehr Beifall finden, als die umfangreicheren Geistesprodukte ihrer Kollegen. Aus gegebenem Anlaß lohnt es, am Beispiel des Autors Fritz Specht, dieser Diskrepanz einige Zeilen zu widmen; dabei ist auch eine kurze biographische Notiz vonnöten.

Fritz Specht wurde am 30. Oktober 1891 in Hamburg geboren. Er absolvierte ein Philologiestudium an den Universitäten München, Paris und Rostock. Neben seinem Beruf als Mittelschullehrer widmete er sich als Journalist (Oper, Konzert, Niederdeutsch) Tagesfragen, die vom Kritiker Gespür und Urteilsfähigkeit für Probleme auf den Gebieten der Kunst, Sprache und Literatur erfordern. Nachdem Fritz Specht als Leiter der Abteilung „Volkstum und Heimat“ am Hamburger Rundfunk gewirkt hatte, war er wieder als Lehrer in Hamburg tätig. Seine Beiträge zählen zu den beliebtesten Sendungen innerhalb der Reihe „Hör mal'n beten to!“ des Nord-

deutschen Rundfunks, die Hunderttausenden von Hörern an fünf Tagen der Woche etliche Minuten kurzweiliger Unterhaltung beschert.
Der reiche Fundus an Wissen um die Möglichkeit und Grenzen der niederdeutschen Sprache erklärt noch nicht die Wirkung, die die Beiträge des Autors auf die Hörer ausüben, zu der sich nun noch die Anteilnahme der Leser gesellen wird.
Fritz Specht schreibt und spricht ein allen verständliches Platt auf eine dennoch unverwechselbar persönliche Art. Er verfügt über die seltene Gabe, seine Meinung und seine Kritik an Zeitumständen und Menschen mit überzeugender und nie verletzender Deutlichkeit formulieren zu können. Am Beispiel seiner Person lehrt er seine Hörer, und zwar unaufdringlich und unmerklich: So kann man sich auch verhalten, oder dies und das und jenes tun, um im Leben bestehen zu können. Fritz Specht wendet sich dabei wohlweislich nicht an den Intellekt, sondern er vertraut, freilich manchmal etwas verschmitzt und hintersinnig, auf die Urteilsfähigkeit seiner Mitmenschen, denen er als gewitzter Psychologe offenkundige Geheimnisse anvertraut. Sein Publikum dankt ihm das vielfältig und bestätigt ihm häufig seine Meinung mit dem Satz: „Genau so ist es.“ Diese Identität von Wahrheit und Weisheit ist nicht der von Fritz Specht bevorzugten „kleinen Form“ vorbehalten. Aber ist es für Kritiker so schwierig, einer besonderen Art von Literatur gerecht zu werden, weil es für diese ebenso berechtigte wie notwendige Form des künstlerischen Ausdrucksvermögens keinen eindeutigen Gattungsbegriff gibt? Plauderei, Betrachtung, Skizze, Glosse, Kommentar, scherzhafte Ironie, scharfe Satire — all diese Elemente wird man in den Beiträgen des Buches

finden; sie allesamt so meisterhaft mit den Mitteln der plattdeutschen Sprache auf den Gesamtnenner menschlichen und manchmal auch allzu menschlichen Verhaltens zu bringen, kann nur einem Autor gelingen, der allen denen etwas zu sagen hat, die dem Ernst des Lebens auch in schwierigsten Situationen noch mit einem Lächeln zu begegnen vermögen. Wohl dem, der darüber hinaus noch herzhaft lachen kann und sich freut, daß es einen Autor gibt, der ihm den Weg zu einer von mancherlei Misere befreienden Heiterkeit aus dem Schatz seiner eigenen Lebenserfahrung weist.
Das Mischungsrezept für die einzelnen Bestandteile der Beiträge zu diesem Buch ist Geheimnis des Autors Fritz Specht, die offenkundig angenehme Wirkung werden die Leser bei sich selbst feststellen — probatum est!

Hans Henning Holm

SPEELEN

As junge Mann bün ick mol in Paris west un sitt dor mol in so'n hübschen Park in de warme Meddagssünn un kiek to, wat de Kinner dor so speelen dot. Mi wunnert toerst, datt de Jungs ganz manierlich sünd un nich mit Gebrüll dorch dat Unnerholt breken dot, — bie uns is jo ümmer hushogen Larm. En poor Deerns speelt mit'n Springtau — un singt dor so'n lütten Vers to — grod so, as mien Swester dat ümmer in Hamborg don hett — un se singt datsülbige meist — „à la salade“ fung dat an, un ick arger mi hüt, datt ick nich mehr weet, wo dat op Dütsch gung. Ober ick dach domols, dat is jo al sowat as Völkerverständigung — de Kinner brukt wi dor gor nich erst veel vun vortosnaken, bie de geiht dat al so.

Ich mutt dor an denken, wat wi domols allens speelt hebbt un wat de Kinner hüt gor nich mehr kennen dot — dat hebbt se vergeten — un worum hebbt se dat vergeten? Se hebbt dor jo keenen Platz mehr for — blot noch Platz for Fotball, den kriegt se jo sotoseggen vun Stoots wegen inricht't. Wi hebbt keenen Platz kregen. Wi hebbt op de Strot speelt: Mardel — in'n Krink — in de Küz — un ook noch „Teihn-twindig“ mit de Iesern, un mit Vorrecker un Spanner un wat allens. Slagball hebbt wi speelt — op de Strot — wo de Wogens fohren dä'n — un mussen uns blot vor de Slachterwogens vorsehn, de harrn ümmer 'n bannige Noht op. Jo, dat gung allens — de Polizei harr dor nicks gegen. Hüt speelt se Fotball — knapp, datt se mol wat anners wet. En lütt beten power kummt mi dat doch vor. Ober wenn se hüt mit'n Trudelband op de Strot loopen wullen — oder mit teihn Mann Krüsel op'n Fotstieg speelen — villicht noch mit de scheunen Schiebenspringers — wat denn woll los wär! Denn harrn se jem bald bie de Bücks. Un wer weet hüt noch wat von dat Ballspeel Abo-Bibo? Dat worr gegen de Wand speelt — un an de Wand smeeren wi mit Kriet de Bokstoben an: Wo kunnen de Kinner hüt dat woll noch riskieren?

Oder kennt ji noch Kock? Jede Speeler mit'n fustgroten Steen in de Hand? Oder Kuhlsög — in Hamborg sä'n se Put — dat könt se nich mehr speelen mit de Kuhl und rundrum de lütten Löcker. Fotball jo, ober Kuhlsög nee. In'n Harvst, wenn dat freuh duster warden dä, speelen wi Hohn — dat is de Snapphohn — bie en anner Spill bleev een in't Mol un he muß de annern seuken un oppassen, datt se nich vor em in't Mol kömen — Akräh oder Antaxen sä'n wi dorto. Un denn gäv dat — mehr for de Deerns — noch Hinkepot in de Snick oder in Himmel un Hölle. Dat gäv noch veel mehr, wat mi grod nich infallt — wi kunnen uns ümmer en Spill utseuken, dat grod passen dä. Dat deit mi leed, datt de Kinner dat allens vergeten mussen oder gor nich erst lehrt hebbt. Welk vun de Spille wären jo man eenfach, ober dor wären ook welk bie, de wären gor nich so dumm, dor muß du al wat bie loshebben, wenn du dor mit trecht komen wußt.

Hüt speelt se Fotball — un wenn se man mit twee Mann sünd un nich mol'n Ball, villicht blot'n Blickdos' hebbt. Ick much woll mol weten, woveele von de olen Speele dat ook annerswo geben hett, so as dat mit dat Springtau. Fotball — dat is jo ganz gewiß international, un op'n Fotballplatz verstoht se sick jo woll in de ganze Welt — wenn't ook männigmol 'n beten heet warrt. Dat mit dat Springtau hett nich veel holpen — dor is doch noch'n Weltkrieg komen. Mit den Fotball is dat jo veel ernsthaftiger — de fallt jo international op — villicht glückt den dat jo mol, datt wi leeber speelen as scheeten dot.

DOMINA

Ich weet nich recht — sall ick ditt mol vertellen? Dat mag woll gohn, wenn ick dat allens so'n beten vermimpel un vermampel, datt de Gegend nich to kennen is, wo mi dat passiert is, un de Minschen natürlich erst recht nich, de dor bie wären. Ick much dat eegentlich gern mol vertellen, denn dor kannst an sehn, wo de Minsch in en ganz verkehrtes Ansehn komen kann, ook wenn he dor gor nicks to deit. Heurt jo dat man erst mol an, wenn dat denn verkehrt is — jä, denn könt wi dor ook nicks mehr an don. Denn lot't susen!

Also dat is so: Ick mutt jedes Johr to allerhand „Tagungen" und „Sitzungen" verreisen. Dor ward denn kloksnackt, — dor mokt se sick allerhand af — dor verdeelt se Priesen — un wat dat all so is — blot en plattdütsch Wort for „Tagung“ un „Sitzung“ hebbt se noch nich fund'n, wo ick mi mit anfründ'n kann. Denn lot dat man erst so loopen.

Wi harrn nu ook mol en Fest in en Klosterkark. Dor is dat ümmer bannig fierlich. As ick dor ankom, in de Kark, sünd de Plätz meist all besett. Nu is dat man en lütte Kark, keen mit Lang- un Querschiff — en runde Kark, dor sünd in de Mitt de veelen Plätz op de groten Banken — ober rundrum, an de Wand'n sünd ook noch so — wat sall ick seggen — so Boxen mit'n lütte Dör in — dor hebbt veer oder fief Mann Platz in — ümmer een Box an de anner. Ganz rundrum. Dor wiest se mi hen. Se mokt mi een von de lütten Dören open, un ick find' grod noch den letzten Platz.

Neben mi — in de anner Box — blot mit'n siede Holtwand dor twüschen — dor sitt eene Dame, — jo, wat ick segg: eene Dame, — griese Hoor, ganz schick kort sneden — de seggt fründlich to mi: „Dat is de letzte Platz, glöv ick, aber een vun de besten!“ Un noh'n Oogenblick seggt se: „Nu muß dat Licht dor boben eegentlich ut — de Knipser is dor an den tweeten Pieler.“

Ick wunner mi un segg: „So got wet Se hier Bescheed?“

„Dat sall ick woll,“ lacht se, „in mien eegen Hus!“ Och, do seh ick dat — ick kenn ehr — dat is de Äbtissin oder de Domina oder wat 'n to ehr seggen deit — ick heff ehr blot in Zivil nich wedderkennt.

„Un Se könt so fein Platt!“ segg ick.

Seggt se: „Dat mutt ick woll, ick bün ut de Gegend vun Ludwigslust.“ Ludwigslust kenn ick ook, un wi snackt dor erst 'n beten öber, wo gemütlich dat dor wär — un nu hett se dat grote Hus ünner sick, un hett dor veel Arbeit un en grote Last vun, to'n Biespill, seggt se, nu grod wedder mit de Dackrönnen. Jedes Johr mutt se an eene Siet — un dat Hus hett jo mehr as veer Sieden — dor mutt se de Dackrönnen heel moken loten, denn sünd se dorch — se kann dor noch soveel an strieken un teeren loten, as se will. Wenn de Tiet um is, sünd se twei.

Na, segg ick, nu jo nich mehr. Nu gifft dat jo Dackrönnen mit allens, wat dor tohört, ut Kunststoff — so'n heff ick mi al vor Johren leggen loten, un de sünd noch heel as an'n ersten Dag.

Wat? seggt se, sowat gifft dat? Un dat seggt mi mien Klempner nich? —

Dat kann ick ook nich begriepen — segg ick. —

Un mien Architekt ook nich? seggt se. Ober dor süllt nu so'n Dackrönnen her!

— Wenn de Klempner un de Architekt Se dat man nich utsnacken dot! segg ick.

Nee! seggt se, dat nich mehr! Un ümmer scheun in Farv sünd de Rönnen — un all sowat vertellt wi noch, do geiht dat Licht ganz ut, un de Fier fangt an.

Nohher bie't Obendbrot seggt een mit'nmol dwer över'n Disch, se möt sick bie mi noch bedanken. De Domina harr sick eenfach eenerwegens hensett, un dor wär keen bie ehr west, de ehr dat'n beten verkloren kunn, wat de Mann, de den Pries hebben sull, wat de for een wär, un wat he bedüden dä in de plattdütsche Literatur — un all sowat — de Domina is doch'n Froo vun Geist, un se mutt mit Geist unnerhollen warden. Wi hebbt woll sehn, seggt he, wo Se sick lebhaft mit ehr unnerhollen hebbt — wat harrn Se denn for'n Thema vor? —

Wi, segg ick, wi hebbt snackt vun Dackrönnen.

„EIN GROBER FEHLER"

As ick noch to Schol gung, keum enen Dag en neen Jung in uns Klaß. Winter hett he heeten. De keum vun'n Lann', eenerwegens ut'n Dorp. He muß jeden Dag vun Hus un noh Hus mit de Iesenbohn fohren. He sähg so brun ut as wi, wenn wi ut de Ferien an de Nordsee keumen. So sähg he *ümmer* ut. He harr faste un harte Hannen. Un 'n beten gediegen antrocken wär he ook.

Wenn wi uns wat vertellen dä'n vun Fotball, elektrische Iesenbohn, Breefmarken, Wiehnachtsmärken, Karl May — dat kenn he all nich. He stunn dor ganz frömd mank de annern Jungens. Mol sä de lütte Hohmann to em: „Un du — wat hest du Sünndag mokt?"

Winter kreeg'n ganz roden Kopp. „Ick", sä he, „och — ick heff mi Fleiten sneden ut uns Wicheln — de lot al so fein los — un nohmeddags hebbt wi Kreihennester socht." Do keken se am all an, as wenn he jem wat vun de Wilden vertellt harr. Se verstunnen em gor nich.

Nu harr ick eegentlich wat seggen mußt. Ick weur jo ümmer in de Ferien bie mien Onkel op'n Lann' — ick wuß dat woll, wat dat op sick harr mit Piepenkloppen un Kreihennester. Dat weur jo ook mien Paradies dor buten. Ober — ick vertell dor sunst ook nicks vun. Mit em, mit Winter, heff ick mi nohher denn doch noch unnerhollen — ook vun Per' un Keuh un Koppeln un Plummen- un Appelbäum. He vertehr dor sien Freuhstück bie — Swartbrotsneden so grot as'n Scholbok. Un ut sien Scholtasch reuk dat rut as ut mienen Onkel sien Appelkomer. He harr sick morgens noch gau'n poor Appeln opsammelt, dor sät de Erd' noch an. Dor wisch he eenen vun in sien Büx af un gäv em mi.

Vun de Tiet an verstunnen wi beiden uns got. Ober in de Scholstunnen dä he mi leed. He wuß un kunn meist gor nicks. Un wenn — he kunn dor nich so glatt öber snacken as wi. De Scholmeister grep sick oftmals an'n Kopp: „Winter!" sä he denn, „das war wieder ein grober Fehler!"

Wi sä'n dor nicks to. Bloß de lange Schröder sprung denn ümmer hoch un reep: „Das ist ein grober Fehler!"

He kunn seggen, wat he wull — ümmer wär dat „ein grober Fehler." Toletzt much he gor nicks mehr seggen.

Ober eenmol, da läs de lange Schröder wat ut sien Heft vor, wat wi ophatt harrn: „Umstandsbestimmung des Mittels." — „Der Gärtner gräbt mit der Schaufel."

Do keum Winter ober hoch! „Das ist ein grober Fehler!" reup he. „Man gräbt nicht mit der Schaufel! Man gräbt mit dem Spaten!" Un keek den Scholmeister an as: *ditt* weet *ick* beter!

De sä: Na ja — gewiß — in de Sok harr Winter recht. „Aber grammatisch ist es durchaus richtig, was Schröder geschrieben hat. Ein grober Fehler ist es also nicht. Wir wollen es einfach richtigstellen."

Dat verstunn Winter nich. Mit de Schüffel groben — dor lacht jo jede vernünftige Minsch öber! Un dat sull nu mit'n mol nich gellen? Wen sull he nu noch gläuben? He sä vun nu an öberhaupt nicks mehr. Un eenen Dag wär he nich mehr dor, keum gor nich wedder hen in uns Schol.

Noh twindig Johr heff ick em weddersehn, op sienen Buernhoff, gesund un tofreden, as mi düch. He lach. He wuß ook genau bescheed öber sien unglückliche Tiet bie uns op de Schol.

„Un de lange Schröder", sä he, „hest vun den mol wat heurt?" Nee, harr ick nich. He harr de Schol gor nich to

End' dorchmokt un harr denn in en Büro as Schrieber anfungen.

„Och“, sä Winter, „un wi dachen all, dor ward noch mol ganz wat Dulles ut, ut den Bengel. Jä, un ick — weeßt du, datt mien Vadder dacht hett, he kunn ut mi'n Studierten moken, wo ick doch al'n halben Buer wär — ick gläuv, dat wär ein ‚grober Fehler'.“

FEIN

Wenn mien Grotvadder Geburtstag harr — dat week ick noch, — dat wär ümmer en grotes Fest. He wär al bannig olt, ober ümmer ganz un gor op'n Kien. Denn kämen all de Verwandten an, un mien Tante Anne, de paß denn op, datt dat ook *fein* togohn dä. Mi kreeg se denn vorher extra vor, se sä mi ümmer, wat ick to don harr un wat ick nich don un seggen sull. Dor wären nämlich sehr feine Verwandte mank. Wenn ick Tante Anne richtig verstohn heff, wären dat de, de düchtig Geld harrn. So'n harrn wi 'n ganz Deel. Bloß mien Grotvadder, de lach dör öber, wat Tante Anne allens angeben dä, he kenn die Herrschaften jo al, as se noch de Büxen vullmoken dän, vun lütt op an, as se noch nich so fein wären. En Swestertochter vun em, mit de harr Tante Anne sick an'n dullsten. De harr 'n Mann, de wär Direktor bie'n grote Reederee. Se löt sick jedesmol in ehren eegen Wogen vorfohren — un dat wär domols noch wat! Wenn Tante Anne den Wogen ankomen sähg, denn hol se erst mol deep Luft, un denn kreegen wi fix noch mol'n lütten op'n Hot vun wegen got benehmen — un mi grabbel se noch mol an'n Antog rum, datt dat ook allens sienen richtigen Schick harr. Dorbie — wenn se denn rinköm — wär dat en ganz vernünftige un nette Froo. Speel sick gor nich 'n beten op, un mien Grotvadder snack mit ehr as mit 'n richtigen Minschen. De eenzige, de nich mehr so snacken dä as geweuhnlich, dat wär Tante Anne. Kunnst ehr gor nich wedderkennen.

Se wär ümmerto in *eene* Angst, Tante Anne. Nich wegen uns. Uns harr se jo in de Reehg brocht. Dat gung so wiet. De feine Froo wär mit mi ümmer extra nett, dat mutt ick seggen. Un mit mienen Grotvadder gung dat ook allens so wiet got. He wär ganz kandidel — un sließlich wär he jo'n olen Mann. Un seggen löt he sick sowieso vun sien Dochter nicks. Ober se harr ümmer Angst, Onkel William kunn komen, so lang as de anner dor wär. All harr se an'n Band — Onkel William wär nich to regieren. He harr an'n Hoben en godes Geschäft, so'n Barkassenfohreree, verdeen'n Barg Geld — ober bie em wull Tante Anne dat nich weten, datt he wegen dat Geld nu ook'n feinen Mann wär. Nee, dat wär he gewiß nich. Un dorum wull se de beiden nich gern tosomen loten: de feine Froo un Onkel William.

Ober eenmol hett ehr dat nich glückt. Do käm William grod an, as de feine Froo op't Sofa sät. Wi heuren em al buten rumbölken. Un denn käm he rin, lütt, stukig, en lütt beten dick. He harr enen ganz feinen Antog an, marineblau. Sięn Näs un sien Backen wären ook marineblau. Nich ganz, will ick mol seggen, ober bienoh.

He gratuleer mienen Grotvadder, sienen Onkel, kreeg, as jedes Johr, en Buddel Rum ut de Tasch — dat wär sien Geschenk, — un klopp de feine Froo op de Schuller un lach un frei sick, un mök Lärm — dat wär jo sien Kusine. Un sien Kusine lach ook un frei sick — bloß Tante Anne, de bleev de Luft stohn. Se wull wat seggen, ober de annern hören dor gor nich noh hen.

Onkel William nöhm de Buddel Rum wedder an sick un trock ehr op. Un denn hebbt de dree sick dor gegen sett, gegen de Buddel. Mien Vadder ook noch mit, nohher. Un as se den ersten Grog utharren, grep Onkel W lliam in sien Jack binnen rin und trock ut de Bosttasch en Paket, in Zeitungspapier inwickelt. Un legg dat vor mienen Grotvadder op dat scheune witte Dischdok. Tante Anna wär ganz witt um de Näs. Se wuß dat al, wat nu köm, dat gung jedes Johr so. Dat Papier wär buten ook'n beten natt — mien Grotvadder lach al. Un William sä:

„Du magst jo so gern sowat!" Un mien Grotvadder wickel dat ut — en scheunen fetten Karpen wär dor in.

Nu lach de feine Dom ook. Un ick muß ümmer den marineblauen Antog ankieken, wo he den Karpen in hatt harr.

„Dat is jo nich meuglich!" sä Tante Anne un broch dat Beest rut. — Un de feine Dom, as se weggung, hett se seggt, dittmol wär dat richtig gemütlich, un anner Johr wüllt se sick afmoken, se un William, se wüllt tosomen komen.

Vun de Tiet an is dat, datt ick dat nich so richtig weet, wat nu würklich fein is un wat nich.

GÄSTE

Ick heff dat al mol vertellt: as ick 'n Jung wär, fohren wi jedes Johr in de Ferien noh'n Land', in dat lütte Dorp, wo mien Vadder grot worden wär. Mien Onkel harr dor 'n feine grote Buernstäd. Wenn wi dor nu ankomen dä'n, wär mien Onkel meist Tiets gor nich to Hus, harr eenerwegens op de Koppel wat to don, un mien Tante, dat wär dütlich to marken, harr ook nich recht Tief for uns — un löt uns denn ook bald alleen. Mien Mudder — de wär in Hamborg grot worden — de nöhm mien Tante dat ümmer so'n beten krumm. Se meen, mien Tante muß sick erst mol'n beten bie uns dolsetten un sick wat mit uns vertellen — so as dat in de Stadt Mod wär, wenn de Nohbersch vun de anner Etosch to Beseuk köm.

Un lang nohher heff ick dat erst begrepen: Allto fründlich, allto gastfründlich — dat is gor nich mol scheun. Ick kenn en Hus, wenn ick dor mol eben ganz fix wat bestellen will, denn weet ick, ick kom dor so gau nich wedder weg. Ook wenn ick gor keen Tiet heff — ick mutt erst mol rinkomen. „Du loppst doch woll nich so wedder weg!“ seggt de Fro. „Ick mok fix ’n Taß Kaffee — sett di doch'n Oogenblick dol!“ Dat is ganz gewiß en nette Froo. Un se gläuvt fast un seker, ick bün nich „höflich“ un se is keen rechte Husfroo, wenn wi bie so’n Gelegenheit nich erst'n Taß Kaffee drinken dot. Und dor kummt dat vun: wenn ick dat ielig heff, goh ick leeber gornich erst hen.

Mol muß ick bie enen Mann wat in en Bok nohlesen — dat harr anners keen as he — dat wär en ganz oles Bok — Ut de Hand geben wull he dat nich — ick sull man henkomen noh em, sä he, dor kunn ick dat denn ruhig un ganz alleen for mi dorchstudieren. So heff ick denn ganz alleen in de Bibliothek vun dat grote Hus seten, un heff richtig wat don kunnt — blot eenmol hett mi een en Taß Kaffee brocht, ober dor is doch nich jeden Oogenblick een komen un hett mi frogt, wat mi wat fehlen deit oder ick dit un dat noch will, un mi ümmerlos betüdert. Un so stell ich mi Gastfründschaft vor.

Wi, bie mi to Hus, sünd dor jo al lang vun af. Wi neiht den Beseuk nich sotoseggen mit de Bücks an't Sofa fast. Wi wüllt em nich ümmerlos amüsieren un unnerhollen. Wi lot em Tiet, mit sick alleen to sien. Denn kickt he in de Beuker oder in'n Gorden — oder kann sick ook mol 'n Oogenblick hinleggen. Ick weet dat jo, wie dat is, wenn du in „Privatquartier" büst un nich in'n Hotel, un se stoht all um di rum un sünd nett to di un wüllt di unnerholen un snackt egol weg op di los — un du büst eegentlich meud un wullt gern mol'n Oogenblick alleen sien. Du mußt villicht sogar mol allein sien — sowat mutt so'n Gastgeber doch mit inkalkulieren, wenn he en beten wat vun Nohgedanken hett. Wi sünd mol mit'n Autobusfohrt unnerwegens west vun morgens Klock söben bet meddags Klock een. Denn gung't to Disch — mit „Begrüßungen" un Reden un Dankscheun — as wi dit allens to Liev harrn, wullen wi uns de Been 'n beten verpedden, — de lange Fohrt, dat gode Eten, — ick harr mi wat vornohmen, dor muß ick op jeden Fall mit trechtkomen — un dat bald. Nu wären wi ober um un bie mit hunnert Mann — dat sähg ick glieks, in dat Gasthus, wo wi eten harrn, köm ick nich to Pott, sotoseggen. Ick denk: söchst di annerwegens en Sted un goh op de Strot — do süht mi de Mann, de dat dor in de hübsche lütte Stadt for uns allens ingang brocht hett, de Böbelste vun de Einheimischen, en sehr fründlichen Mann un en groten Heimatforscher un so — de kummt dor mit sien Froo un will mi dat allens mol gründlich wiesen un verkloren — un ick bün so dumm un segg nich: mien leebe Mann, ick heff ganz wat anners in'n Sinn! Un quäl mi dor af mit eenen, de nich weet: De Gast mutt ook mol Pust holen.

SWATTSUER

Wenn se grod heirot't hebbt, de jungen Lüd, denn is dat toerst jo ümmer allens een Glück un Sünnenschien —. Ganz so scheun schient de Sünn nich mehr, wenn he erst mol seggt hett: „Dat hett mi got smeckt, mien Seuten, ober bie mien Mutter -“ na, usw. Dat mag se nich heuren. Ober he, de Torfkopp, seggt dat jedesmol wedder. So dumm sünd de Mannslüd nu mol.

Villicht sünd de Froonslüd nich kleuker. Bie uns is dat anfungen mit de witten Koken. Wenn du Hamborger büst, denn weeßt du jo, wat dat sünd, witte Koken. Wenn wi soveel sworen Krom eten harrn, to Wiehnachten, swore Koken meen ick, Puffer to'n Biespill, wo du vun een Stück satt wärst — harrst dor ober dree vun eten — denn harrn wi dor de witten Koken gegen. Un de witten Koken, dat is sowat, wo mien Froo över lachen deit.

Hüt is dat'n Kunststück, witte Koken optodrieben, denn hüt mokt de Bäcker dor richtige scheune Koken ut — mit Fett un Ei un sowat, ober dat is ganz verkehrt. De olen witten Koken, ick gläuv, dat wär wieder nicks as Mehl un Woter un Rosenwoter un boben op en Stück Succod — *veel* mehr gewiß nich — en ganz dreugen Krom. So alleen to eten, dat smeck gor nich mol dull, ober wenn du al'n Fettplacken in'n Buk harrst, denn wären se got — ick kann mi Wiehnachten hüt noch nich vorstellen, wenn dat keen witte Koken gifft — un mien Froo, heff ick al seggt, de lacht dor över — dor kannst al an sehn, se is nich ut Hamborg.

Ober ick wull jo gor nich över witte Koken snacken. — Nee, ditt Mol will ick vun Swattsuer snacken. — Also wenn he erst 'n poor mol seggt hett: „. . . mien Mudder hett dat

Swattsuer anners mokt", dat mag de Zuckerpopp nich heuren, un denn kokt se em gor keen Swattsuer mehr. Se mag dat sowieso nich to gern, villicht, wenn se ehrlich is, gor nich. Mien Froo is ober doch kleuker west un is noh ehr Swiegermutter gohn, noh mien Mudder, un hett de mol frogt — un hett dat denn ook mol bie ehr eten, denn mien Froo seggt ümmer, blot so noh dat Rezept koken — dat is man Tofall, wenn dat denn richtig henkummt, nee, se mutt dat ook mol probiert hebben, datt se den Gesmack kennen lehrt.

Nu mutt ick seggen, se lacht liekes öber dat Swattsuer, dat mien Mutter mokt hett — un de Frömden hier bie uns, de schüttelt sick, wenn se dat blot heuren dot. Also erst mol de eenfachen Mehlklüten, de dat bie mien Mudder geben dä. Ick meen warraftig, dor wär wieder nicks an as Mehl un Woter un'n beten Solt. Dreugen Tapetenkleister, sä mien Froo dorto. Un denn — dat is for de Utlänner ganz verrückt — gäv dat dor Stekröbenschieben to — so in'n ganzen eenmol öber de ganze Röv sneden — de kok mien Mudder jo woll eenfach in'n beten Soltwoter af un legg jem denn dreug op'n Töller.

Un wenn ick dat mol seggen sall: wenn de Klüten un düsse Stekreubenschieben fehlen dot, denn is dat keen Swattsuer, so as ick dat mag. To dat dicke, fette Swattsuer, dor sünd de Klüten un de Röbenschieben grod dat Richtige to. De dat noch nich eten hett, den kannst dat nich verkloren, de gläuvt dor nich an. Welk mögt dat ook woll nich mögen, dat giff dat jo bie jedes Eten. Ober de dat kennen dot, de bruk ick wieder nicks to seggen. Un wat se ook mol seggt hett: mien Froo itt dat hüt ook, un mag dat ook. Gediegen, wat? Lot uns man dat Swattsuer nich vergeten — öber all de Steaks un wat dat so is.

DE LANGE PIEP

Hüt is dat jo vörbie — aber vör Wiehnachten harr dat bie Hermann Buck un sien Lena bald Larm in't Hus geben. Wenn se Hermann fragen dä'n, wat he to Wiehnachten hebben wull, denn sä he wieder nicks as:

„Dat wet ji jo: en lange Piep!“ Anners wünsch he sick nicks, sä he.

Dat sä he nu al veerteihn Dag lang — toletzt wör Lena doch argerlich. Dat sull so'n Piep wesen — so'n gäv dat woll gor nich mehr, de harr he bie Korl Dreyer sehn — so'n ganz lange, bet op de Erd hen, mit'n Porzellankopp — de much he so gern lieden, un de wär ook praktisch, sä he.

Sünndagabend vör Wiehnachten sät Hermann bie, sien Knösels reintomaken. He harr sick dat Aschbeker op den Disch stellt un all dat anner Tügs bie sick rumleggt: en poor Feddern, en Strichwier un'n ol Hoornadel. Sien Dochter Anna harr denn fix noch 'n poor ole Zeitungen herhalt un harr em de dreedubbelt ünner de Piepen un dat anner Kram ünnerschaben — se kennen den Swienkram jo al, de dor nu losgahn schull.

As se dor nu so üm den Disch säten, dach Mudder woll: nu is't Tiet, snack man noch mal mit em!

„So, Hermann,“ sä se, „nu segg mal, wat schüllt wi di to Wiehnachten schenken? Segg mal'n vernünftig Wort — kannst doch nich ümmer so'n dumm Tüg snacken: Lang Piep — un wieder nicks as lang Piep!“

„Vernünftig?“ sä Hermann un schöv de Piepen an de Kant. „Bün ick nich vernünftig?“

„Old nog wärst du dor jo to“, brummel Lena, „mit dien 62 Johr.“

„Na, sühst woll, denn dot dat man, wat ick segg. Ick will'n lang Piep hebben!"

„Och, wat, Hermann!" Lena pack den Knüttstrump op den Disch. „Wat schall dat nu! Wi könt di doch keen lang Piep schenken!"

Hermann nöhm sick wedder en Piep her, dreih dat Mundstück rut un stek dor mit den Strichwier hendör. „So?" sä he. „Könt ji nich? Is dat Geld all? Denn seggt dat man. Denn köp ick mi sülben een."

„Vadder, du hest doch all de Piepen hier — smeckt di de denn nich mehr?" frög Anna.

„Kinnerslüd!" Hermann wär meist vergrätzt. „Ji kennt dor ober ook gor nicks vun! En lang Piep is ganz wat anners!"

„Stinkt ganz anners," sä Lena.

Nu harr de Larm bald losgahn. Wenn se seggt, sien Piep stinkt, dat kunn Hermann nich af. Aber he kek sien Frunslüd blot an un sä: „So? — Na."

„Wo kann sick en utwussen Minschen wat so in'n Kopp setten!" meen Lena.

Do wörr Hermann doch giftig. „Du hest di jo ook en nie Dischdeck in'n Kopp sett — un kümmst dor ook nich vun los!"

Wenn se op ditt Flach togang wären, denn kömen se dor so licht nich wedder vun dal. Mit Hü un Hott wull de een hierhen, de anner dorhen plögen. Hermann wull'n Piep hebben un müß ook een hebben, Lena wull en Dischdek hebben un schull keen hebben — soweel as he dor an don kunn.

Aber nu köm Anna ehr Mudder to Hölp.

„De ol Dek is ook hen!" sä se. „Un denn mit den olen grönen Samt un de Troddeln un Franschen — dat is ganz unmodern!"

„Aha! Kiek mal an!“ röp Hermann. „Hen is se nich — se is unmodern! Dat wär’t man! Aber to so’n Fisematenten — modern oder unmodern — dor hebbt wi keen Geld to. Nee, en nie Dek giff ’t nich — dat segg ick!“

De Frunslüd kennen ehren Hermann — se hebbt denn still sweegen. Lat em, dach Mudder, dor kümmst doch nich gegen an.

⁂

Un Wiehnachenabend harr Hermann sien lange Piep — harr he doch kregen — aber Mudder harr de Dischdek nich kregen. Na, dor dach se sick ook nich veel bie — argern dä ehr dat liekes en beten — datt Hermann so’n dicken Kopp harr. Denn muß se sehn, datt se so mal anners to ehr Dek käm. Hüt harr se erst mal’n witt Dischdok opleggt — nu sähg dat liekes ganz got ut — de olen Troddeln un Franschen keken dor man eben ünner rut.

Aber Hermann — de güng krönsch mit de Pip in de Stuv op un dal. „Süht fein ut, dat Ding“, sä he. „Hest got inköfft, Mudder. Grad dat, wat ick mi dacht heff — en statsche Piep! En Deckel is dor jo nich op — op den Kopp. Dat is ook got so — de olen Deckels ward ümmer so heet, dor verbrennst di blot de Fingern an. Ick dank di ook veelmals, Mudder!“ Un dorbie klopp he Lena mal den Puckel — un sähg ganz glücklich ut — un datt Lena sick mal’n Dischdek wünscht harr, dor dach he gor nich mehr an.

Se sünd doch as de Kinner, de Mannslüd, dach Lena.

Een Deel wär dor ober noch bie: se harrn vergeten, em Tabak to köpen. Se meenen, Tabak harr he jo. Och du leebe Tiet. He lach ehr wat ut. Dat mutt’n ganz annern

Tabak sien. „Na, lat man, ick gah morgen fröh nah Korl Dreyer rüm un lehn mi 'n beten Tabak vun em“ — un denn löp he wedder mit de kole Piep in de Stuv rum. —

Un nu, nu is de erste Wiehnachtsdag. Hermann hett sick Knaster halt un stoppt sick den Kopp vull. De Fruns staht bie em rum in kiekt sick dat Spillwark an. Anna mutt den Rietsticken op den Tabak holen — Hermann kann dor nich recht anrecken — so lang is de Piep. „Den Rietstikken doch nich op den Tabak opdrücken, Deern! Du drückst — dat Fuer jo ut — so, jo nu is't richtig — nu brennt se!“

Se brennt un dampt. — „Ah“ — seggt Hermann — „herrlich!“ Un denn drückt he sick achter den Disch un sett sick op dat Sofa.

„Nu ward't gemütlich“, seggt he, as he dor so sitt un qualmt, „de schöne Dannboom, de feine Wiehnachtsstuv — un denn — de Piep — Mudder, so kann ick't utholen!“

Un he smökt, as wenn 'n Lüttmann backt.

„Na, wat seggst nu?“ fragt Hermann. „Magst de Piep lieden?“

„Ja“, seggt Lena, „mag ick.“

„Aber schön rüken deit so'n lang Piep nich“, meent Anna.

„Wat?“ Hermann ward ornd'lich hoch kieken. „Rükt nich schön?“ He süggt wedder'n lütten Stot. „Rükt nich schön? Korl hett woll man billigen Knaster. Dat mutt ‚Pastorentabak' sien — oder ‚Peter kumm op, mien Jung', — denn köp ick mi noh Wiehnachten.“

„Na“, seggt Lena, „mi dücht, sowat kann Korl Dreyer ook nich smöken — dat stinkt ja richtig!“

Hermann swiggt 'n Oogenblick still. „Ja“, meent he denn. „Dat mutt ick seggen — dat rükt gediegen.“

„Dat stinkt!“ seggt Anna noch mal. „Un dat qualmt ut de Piep, as wenn dat brennt.“

„Deit dat ja ook“, seggt Hermann un lacht noch so’n beten.

„De Tabak brennt ja, — aber ick weet nich — ditt — Dübel ook, — ditt rükt jo, as wenn dor wat ansengelt.“

He ritt de Piep ünner den Disch rut — de Fruns loopt üm den Disch rüm —

„O Gott!“ röppt Anna mit’n Mal, „de Dischdek brennt!“

Wat? Warraftig! De Dischdek ist anbrennt. Hermann hett en Troddel vun de ole gröne Dischdek in den Piepenkopp kregen — dat glöst un stinkt ümmer duller. Hermann schüfft gau den Disch af — „hier, hol de Piep mal fast!“ — He grippt to un knüdelt de Samtdeck üm dat Füer un drückt dat ut — dat stinkt ganz fürchterlich.

„O Gott, o Gott!“ seggt Lena.

„De Dek is hen!“ seggt Anna.

Hermann kleit sick an’n Kopp. „Hen?“ seggt he denn. „Ja — nu is se hen — de schöne Dek! Na, wat Schiet, dor wüllt wi uns nich an argern — hüt, an’n ersten Wiehnachtsdag, wat Mudder? Du wullst jo al lang’ en nie hebben — lat man, nah’n Fest gaht wi hen un köpt ’n frisch — en ganz feine — wes man nich mehr trurig, Mudder, hörst?“

„Nee“, seggt Lena, „wat schall an ’n ersten Wiehnachtsdag Larm un Truer üm en ole Dischdek!“

Un se denkt so bie sick: en lange Piep is doch got! Un dor grient se sick so’n lütt beten bie.

VERGETEN

Ick bün mol noh de Apthek gohn, mit mienen Hund natürlich, bind' den Hund vor de Apthek an un hol mien Soken, allerhand Krom, wo ick noch mit rumfummel un to reken heff, un goh denn wedder noh Hus. Noh twee Stundn, as wi bie't Meddageten sitt, seggt mien Froo: „Wo mag de Hund woll sien? He stellt sick to düsse Tiet doch eegentlich ümmer in?“ De Hund? — Oh, Gott, do fallt mi dat in, den heff ick jo vergeten — vor de Apthek — anbunnen. Ich heff allens stohn un liggen loten un bün noh de Apthek gohn — do läg he dor, de Hund, anbunnen — un frei sick noch, datt ick komen dä.

Ober dat is nicks gegen dat, wat Jakob passiert is. De is bie so'n Supermarkt anstellt. Allens fein op Droht dor — he is richtig in sien Fett. Blot hüt, verflixt noch mol, steurt em wat. Vor de Dör steiht'n Kinnerwogen, un in den Wogen liggt oder sitt en Kind, dat blarrt ümmerto — un blarrt ümmer'n beten mehr — dat schreet al richtig — un dat al'n halbe Stund, och wat, dat is woll al meist'n Stund'!

Sowat is jo nich got, wegen de Kundschaft. Jä, denkt he, ick mutt dat Kind woll mol utropen loten — un dat deit he denn ook — de Kinnerwogen steiht vor den Hauptingang, lett he seggen. Ober dor meld't sick keen Mudder. He geiht rut, he denkt, he kriggt dat Gör to Roh — kriggt he ober nich. Do roppt he bie de Polizei an, dor hett sick'n Kind anfund'n un so — na, se schickt glieks eenen hen, seggt se op de Polizei.

Jakob sall eegentlich to Meddag gohn, ober he nimmt den Kinnerwogen erst mol rin — deit eenen jo ook leed, so'n lüttes Gör. Wo de Mudder woll sien mag! Ach, kiek, dor kummt de Polizist ook al. Jakob seggt, he sall dat Kind mit op de Wach nehmen — Nee! seggt de, jo nich! Denn ward dat en Vorgang, as dat heet, mit alle Papieren un so, un wenn de Mudder denn dat Kind wedderhebben will — dat duert denn sien Tiet. Dat Kind hett jo ook wieder nicks as Hunger, dat brukt blot wat to eten. — To eten? — Na, seggt de Polizist, in son'n Loden as düssen is doch gewiß wat to eten! — For so'n Kind? — Na, klor, seggt de Polizist, oder nich? — Doch, seggt Jakob, hier de ganze Bord vull — ober dat is for ganz lütte un ook for grote. — Och so, wat gevt wi em denn? Hett he al Tähnen?

„Dor möt wi mol nohkieken," seggt Jakob. Un denn verseukt de beiden Kerls, datt se dat Kind in den Mund kieken könt as bie'n Perd — dat blarrt nu, as wenn dat steken warden sall. Ober Tähnen hebbt se doch to sehn kregen. (Frogen könt se jo keenen, denn dat is Meddagsstunn, un se sünd beide alleen in den groten Loden). Wenn he Tähnen hett, denn kann he woll al „Gemüsesuppe mit Schinkenwürfeln" kriegen, dat kann he woll bieten, — ditt hier, düsse Dos.

Achter in den Loden is so'n lütte Bod, wo se sick Kaffee kokt — dor mokt se de Dos warm, un denn gevt se em dat lepelwies. Do mampft he los, de Lütte, un lacht. Un as he fardig is, leggt he sick trügg un sloppt in. De Polizist lacht ook un seggt, dat is'n Glück, datt dat Kind noch leben deit — „du mit dien Boxerpoten!"

„Jä", seggt Jakob, „nu kannst em jo mitnehmen op de Wach, is jo nu still."

Jo nich, dat will he nich, se möt man blot op de Mudder teuben, de kann dat Kind jo nich ganz und gor vergeten hebben! Do fangt de Lütt an to quarken, un in'n Handumdreihn is de Larm wedder ingang. Dat wet de beiden: nu hett he de Bücks vull mokt.

„Dat mokst du nu ober", seggt Jakob. — „Nee", seggt de Polizist, „ick bün in'n Deenst!" — Do geiht Jakob dor wedder bie, mit Endloswindel un all so'n Krom. Un as se dat trechthebbt, wüllt se den Wogen grod wedder vor de Dör schuben, do kummt de Mudder angeweiht, lacht un weent: „Hier ist er!"

De harr enen Jung anstellt hatt, he sull den Lütten en beten utfohren. De Jung harr sick in den Supermarkt wat to Snopen kofft — un denn dat Kind vergeten — to Hus hett he nicks seggen mucht. Dat kann ook blot enen Jung passieren, — en Deern nich.

Ober wenn ick mienen Hund twee Stund'n vor de Apthek verget, kann ick dor nich veel to seggen.

DE GANZE NATUR

As Peter ut de Schol kummt, vertellt he, sien Nohber bie em op de Bank, de hett'n Hirschgeweih dorhatt — sowat much he ook mol hebben! Wat? seggt sien groten Broder, en ganzes Hirschgeweih? In de Schol? Du büst woll'n Happen undicht! — Jawoll, seggt Peter, en Hirschgeweih — he hett dat sülben in de Hand hatt. —

Peter hett dat so mit de Tieren. Bie de Heuhner, de Onten, de Hund'n, de Keuh un wat all — dor möt se em ümmer richtig vun wegrieten, sünst blifft he dor stohn un drömt sick dor fast. Vor'n Tiet hett he dree Stund'n bie den Nohber sien junge Katten op'n Buk legen un hett mit jem speelt — un hett dor den ganzen Obend vun snackt — un sull doch Scholarbeiten moken. Wenn he grot is, will he Tieren hebben, un de Elefanten un sowat will he dor bekieken, wo se begäng sünd, in Afrika un so. Ober eben: en Hirschgewih deit dat erstmol ook.

Den annern Dag kummt he ut de Schol un vertellt, sien Kamrod will em dat Hirschgeweih verkäupen. — Verkäupen? seggt de grote Broder. Wat sall dat denn kosten? — Dortig Penn, seggt Peter. — De Grote lacht. Dortig Penn? Du spinnst woll! — Wenn he dortig Penn harr, seggt Peter, denn künn he dat mit noh Hus bringen. — Na, seggt de Grote wedder, denn is de anner nich klok. Ober wenn he so dumm is, denn wüllt wi em woll vun sien Hirschgeweih afhelpen. — Un denn hebbt de Gören sammelt, uns as se de dree Groschen tosomenhebbt, gevt se Peter dat Geld. Se snackt Peter ook noch vor, he sall erstmol seggen, twindig Penn is ook genog — wenn he denn nich will, kann he ümmer noch op dortig gohn, — ick krieg dor richtig'n Schreck vun. Ober Peter will dat nich — de anner will sick Kakao un Melk holen — dat kriggt he for twee Groschen jo nich.

Nohmeddags kummt he mit sien dortig Penn wedder an. De anner hett dat Geweih nich dor hatt — un dat is ook keen Hirschgeweih, dat is'n Rehgeweih, hett he seggt. Do lacht de annern em wat ut. Dat hebbt se jo gliek seggt: for dree Groschen en Hirschgeweih, sowat gifft dat jo gor nich. Peter is dat ober egol: Hirsch oder Reh. En Reh is ook scheun. — Jo, seggt de Grote, en Reh is ook scheun, ober en Hirschgeweih oder en Rehgeweih, dat is ganz wat anners. Dor heurt Peter gor nich noh hen. Un de Grote seggt toletzt denn ook: for dree Groschen is'n Rehgeweih ook noch nich to duer. Dat will he sick över sien Bett nogeln, seggt Peter. Jo, meent de anner, över dat Bett, dat mutt fein utsehn.

Annern Meddag kummt he noh Hus un roppt al vun wieden: „Ick heff dat!“ He hett dat in sienen Tornüster. Den smitt he vun'n Puckel, mokt em open un grabbelt dor in rum — kann dat Dings gor nich glieks find'n — un wat holt he dor toletzt rut? En lütte Stang vun'n Spießer — hett de Jung woll in'n Holt funnen. Erst sünd de annern still, denn schimpt se, se wüllt ehr Geld wedderhebben — for so'n Schund noch Geld utgeben!

— Ober Peter is glücklich. He hett dat nu ümmer bie sick. Un af un an bekickt he sick dat mol. Dat is jo man vun'n Reh — ober wat mokt dat! Geweih kannst dor ook nich to seggen — mokt ook nicks. Mol hett he dat op'n Disch vor sick liggen un bekickt sick dat un seggt: „Dor is doch mol'n richtiges Reh an west, buten in't Holt, nich?“ — Jo, segg ick, dat is dat. — „Dor frei ick mi to dull to“, seggt he, „an de Wand nogeln geiht jo nich, ober dat is veel beter, wenn ick dat ümmer bie mi heff.“

So hett he dat ganze Holt un de Tieren in de Tasch — for dree Groschen.

STÜER

Vun den Arger mit dat Finanzamt wet veele Lüd wat to vertellen — se meent denn mehrstendeels, datt de Stüern to hoch sünd, un se argert sick an dat Geld, dat se dor henschicken möt. Dor will ick hier nicks vun seggen. Wat se hebben möt, op't Finanzamt, dat süllt se denn ook kriegen — wenn ook — na, ick will dor jo nicks vun seggen.

Natürlich heff ick ook mienen Arger mit dat Finanzamt — ober de is ganz anners. Wenn ick de Formulare krieg, de ick utschrieben sall, denn kruppt mi dat al den Puckel hoch. Erst mol verstoh ick dat nich allens, wat se dor vun mi wüllt. Dor rekent se ook woll mit, denn se leggt dor jo ümmer glieks so'n Verklorung for de Dummen mit bie. De studier ick ganz genau — en beten klorer ward dat denn — ober ganz klor, mutt ick seggen, doch nich. Ick will dat hier nich wieder ut eenanner puhlen — dat kann ick ook gor nich.

Ober wat ick man seggen wull: de Tiet, de Tiet, de ick dor mit henbringen mutt — dat is mien Arger! Allens tosomentellen — hier so rum, dor so rum — un denn de „Belege" — du leebe Tiet, wo heff ick de? Dusendmol heff ick mi vornohmen, ick will dat dat ganze Johr op'n Dutt sammeln — ober noh'n Tiet verget ick dat denn doch wedder oder schuv dat op, un dat is so got as vergeten. Dat weet ick al vorher, wenn ick de Papieren wedder vor mi heff, datt ick dor stunnenlank mit ansitten do.

Stundenlank? Doglank! Un denn legg ick den Schiet erstmol wedder an de Kant. Ober ick kann em natürlich nich vergeten. Dat drückt mi denn ümmer. Ick weet, ick weet, dat wär allens ganz eenfach, wenn ick dat ganze Johr for Ordnung sorgen dä. Ober dat vertell mol eenen, de keen Koopmann is, oder nich 'n beten Geschäftspli hett. So een bün ick nämlich.

Ick sall mi'n Steuerberater nehmen, seggt mien Fründ. De kann jo ober ook nicks moken, wenn ick de Unnerlogen nich op'n Dutt heff. Ick heff grod mit so'n Steuerberater snackt. De hett mi vertellt, as he anfung as Steuerberater, do hett he sick Kund'n seuken wullt. Un do hett he dacht: geihst mol hen noh den Smitt in dat un dat Dorp. (Dat wär to de Tiet, as noch in jedes Dorp meist 'n Smed wär). He verklort den Smitt dat nu, wat he vorhett — un wo got dat is, wenn he den Smitt dor bie helpen deit — un will nu de Beuker un de Reknungen sehn. Do seggt de Smitt, Reknungen schrifft he dat ganze Johr nich. De schrifft he erst twüschen Wiehnachten un Neejohr. Na, seggt de Steuerberater, denn hett he doch sien Beuker, wo he sick dat in opschrifft, wat he for den un den Buern arbeit't hett. Nee, seggt de Smitt, so'n Beuker hett he nich. Dat hett he in'n Kopp. — In'n Kopp! seggt de Stadtminsch, dat kann he doch gor nich. — Jä, dat mokt he so, seggt de Smitt, de un de hett veer Perd' un dree Wogen un ditt un dat, — de anner hett twee Perd — un so'n Fohrtüg — un de man een Perd — oder de fief Perd un wat dor toheurt — dor rekent he sick dat denn noh ut, oder veelmehr: dor schrifft he denn de Reknungen noh. Männigmol seggt sien Froo denn noch, se möt ober ditt oder dat noch anschaffen — na, denn sleit he hier un dor noch'n beten op. Un dat betohlt de Buern denn ook — se komt ook al twüschen Wiehnachten un Neejohr an un betohlt — in bor ut de Tasch — un nehmt denn mit den Smitt noch'n Lütten in'n Krog. — Un dat is noch gor nich mol so lang her, do wär dat noch so. Do hett sick noch een op den annern verloten. For den Steuerberater jo woll slechte Tieden. Keen Ordnung in den ganzen Krom — wie sall sick dor'n Finanzamt mank dorch find'n! Mi dücht: en wunnerbore Tiet — ober ick kann jo nich mitsnacken, ick find' jo nich mol mank mienen eegen Krom mankdorch.

DREE PENN

Dat is al sehr lang her, datt ick as junge Mann, in Zivil natürlich, nich as Soldat, in Paris wär. Domols hebbt de Kooplüd dor ümmer noch noh sou rekent. Mien Meddageten kost ümmer 24 sous — so sä de Ober ümmer. 24 sous, dat wär 1 Fr 20 centimes. Jo, so verrückt tellen se dat ümmer tosomen, ook in de Lodens un op de Strotenbohn. Ober mit centimen hebbt se nich mehr rekent. Een centime wär nicks mehr wert, domols al nich, un wi hebbt dacht, wo kann dat angohn, datt dat Geld so sienen Wert verleeren kann. Bie uns kost 'n Rundstück jo ümmer noch dree Penn, veer Rundstücken eenen Groschen.

Wat wären dat for Tieden, wat? Ober wo sünd wi hüt? Liekes könt wi nich seggen, datt de Penn nicks mehr gellen deit. Ick krieg bie'n Bäcker ümmer noch Pennstücken wedder rut. Un de Pennen sammelt, sammelt sick mit de Tiet ook wat tosomen. Un wenn de lütten Kinner bie di rumstoht, wenn du mit Geld reken deist, denn seggst du ook woll mol: „Kumm, sallst ook'n Doler hebben!" un giffst em eenen Penn oder 'n Tweepennstück. Recht wat könt se sick dor jo nich for köpen, de Kinner, dat möt wi jo woll togeben. Un wenn se dat in de Sporbüß stekt, tellt dat jo ook man bannig longsom. Ober: dat tellt.

„Wer den Pfennig nicht ehrt ...", beten Sinn is dor doch in — wenn wi mol nich vun de Grotsnutigen snacken wüllt. Un Grotsnutige gifft dat jo ook al mank de Kinner, de al 'n beten grötter sünd.

Bie uns hier fohrt ümmer 'n Brotmann mit sienen Wogen rum un bringt uns dat Brot. De kummt in'n Sommer ook ümmer bie de Bodeanstalt vorbie, und wenn dor'n

Scholklaß bie to boden is, denn komt de Jungens bie em an un holt sick'n Franzbrot oder 'n Koken oder sowat.

De Bäcker gifft den eenen Jung sien Kromstücken un denn noch dree Pennen wedder trügg. De Jung nimmt den Koken — de dree Pennen smitt he öber de Schuller in't Woter.

De Bäcker — batsch! — haut em eenen an de Back — un seggt dor noch'n poor paßliche Wörd' to. Sowat kann he op den Dod nich utstohn, hett he mi vertellt, datt een so mit dat Geld umgeiht, to noch een, de noch nich mol weet, wo he dree Pennen verdeenen kann.

As de Jung nu den Backs weghett, kummt de Scholmeister antogohn un seggt: „Wat is hier los?" So un so, seggt de Bäcker un vertellt em dat. Do seggt de Scholmeister, he sülben, de Scholmeister, droff dat jo nich — ober don harr he dat ook gern.

Dat wär nu jo woll en ganz unmodernen Scholmeister, wenn he op düsse Ort seggen deit, de Jung hett den Backs verdeent, wenn he em ook vun em sülben nich kriegen kann.

Dat gifft jo ganz moderne Scholmeister, de mokt dat mit „Psychologie" un wat weet ick all, datt de arme Bengel man keenen Schock oder Komplex kriggt — un snackt dor'n halv Stund' mit den Jung öber un stellt em dat mol so richtig vor, worum un woso un woans. Un snackt den ganzen Krom noh'n Schosteen rut, sotoseggen.

Ick bün ook so unmodern, datt ick mi denk, de Backs wär so wunnerbor kort, un de Jung vergitt em nich so licht. Ick will mi dor sünst nich mit vermengelieren, de Lüd sünd jo hüt so veel klöker worden, as wi dat wären. Ober een Deel will ick doch man seggen: Dat is doch got, datt dat noch so unmoderne Bäcker geben deit.

GÜNSTIG

Mien Mudder hett ehr Leben lang, as se erst verheirot't wär, bie densülbigen Koopmann kofft. Se is nich eenmol op den Gedanken komen, datt se mol noh'n annern Slachter oder Greunhöker oder Brotmann gohn kunn. To ehr Tiet hebbt de Lüd noch nich dacht: mol sehn, villicht is dat bie den annern billiger. Un wenn een dat billiger verkäupen dä, denn sä'n se: dat is dor ook woll noh. Se verlöten sick op ehr Kooplüd — un de Kooplüd kunnen sick op ehr Kund'n verloten. Dat wär mehr so'n Ort persönliche Fründschaft. Noh 50 Johr hebbt se mien Mudder denn doch mol mit ansmeert, dat mutt ick leider seggen — ober dat wär jo ook al en ganz annere Generation. Se dachen woll: de ole Froo markt dat nich. So nöhmen se ehren Vordeel wohr — un dat kunn op de Duer nich got gohn.

Wenig Geld utgeben, dat is ümmer noch wat anners, as sporen. Mehr Geld utgeben sport männigmol mehr as billig inköpen. As junge Mann heff ick gewiß nich veel Geld in de Fingern kregen un muß dorum al sporen, datt ick man langköm. Wenn hüt en junge Mann dat Halbe vun dat utgeben deit, wo ick'n Monat vun leben muß, denn seggt he: Kleine Fische! Vun so lütte Fisch heff ick levt — un doch'n Barg Feines hatt. Ober vun Sporen heff ick erst wat bie mienen Fründ Alex belevt. Richtig sporen — wenig utgeben. Wi smeuken domols Zigaretten — ick gläuv, de kosten twee Penn dat Stück — un se wären nich slecht, soveel as ick mi besinnen kann. Alex, de koff sick eenen Dag 500 Stück op'n mol — in so'n lange Pappschachtel, en ganz eenfache Pappschachtel, dor stunn nich op, wat dat for'n Marke wär — un op de Zigaretten ook nich.

De Zigarett kost' dreevertel Penn — de ganze Schachtel 3 Mark 75. Uns kosten 500 Zigaretten 10 Mark.

„Wie smeckt dat Tügs denn?" freugen wi em.

„Och", sä he, „dien smeckt op jeden Fall nich soveel beter, as du dor Geld for utgeben deist."

Wi hebbt över em lacht. Nohher hebbt wi dat insehn, datt sporen ook denn sien mutt, wenn dat Geld nich knapp is.

Ober du kummst dor doch männigmol gediegen mit togang. Bekannte vun mi hebbt ook'n lütten Gorden un wüllt sick allerhand Stauden köpen, Blomen, un ook for ehren Kökengord'n. Ober dat Tüg is jo so düer, seggt se — se sünd nämlich allerwegens bannig for dat Sporen. Se mokt sick jeden Weg, wenn se man günstig — as se dorto seggt — inköpen könt. Se loopt nu ook allerwegens rum, ober to de Priesen, seggt se, dat wüllt se nich.

„So", seggt ehr Dochter toletzt," nu stoht wi Sünndag mol ganz freuh op un fohrt noh'n Hamborger Fischmarkt. Dor is ja sünndags allens, wat du di man denken kannst, billig to kriegen." De Ol gnurrt, nich mol sünndags kannst du utslopen, ober se fohrt denn doch los.

Mit dree Mann stiegt se in de Bohn — dat is dor jo bie över, bie so'n Fischmarktreis'. As se henkomt, is dor al bannig veel los. Ober billige Planten — nee, Meerswien oder Hamster oder Bananen — jo, ober man keen Planten. De sünd dor ook so düer. De Ol schimpt al: verfohrst dat veele Geld, un denn is dat doch nicks.

Toletzt find't se ober doch noch'n Stand, dor sünd de Planten warraftig billiger, nich veel, ober doch'n beten. Se packt sick de Körv vull. Un as se betohlen wüllt, kickt de Ol so quantswies op dat Schild, wo de Nom opsteiht vun den Mann — un de Adreß. Do kriggt he meist'n Dolslagg. Do is dat de Gordner bie jem an de Eck — den hebbt se nich frogt hatt, de wär jo ümmer so düer. Op den Schreck hebbt se sick noch Beer un Kaffee kofft — veel hebbt se dor woll nich bie öber hatt.

PREISWERT

Mien Vetter hett so'n kloken Snack. He seggt ümmer: he kofft nich noh Pries, he kofft noh de Qualität. Dat sall heeten: he gläuvt nich, datt dat Düerste dat Beste is. Welk Lüd — de sporen möt oder sporen wüllt — seht dor ümmer noh, wat scheun billig is — wat de Krom ook wat *docht*, dor kümmert se sick toerst nich um. Dat markt se erst to Hus. Se hebbt twee Groschen op dat Pund sport, ober se kaut op den Spargel as op Stroh. Anner Lüd nehmt ümmer dat, wat düer is. Se meent, dat mutt jo ook beter sien — un harren datsülbig nebenan veel billiger hebben kunnt.

Dat is nämlich en dummen Snack vun mienen Vetter: noh de Qualität sehn. Dat könt wi jo gor nich. Soveel verstoht wi gor nich vun de Wor. Wenn ick mi 'n Auto oder'n Schapp oder'n Bok käup, verstoh ick dor so veel vun, datt ick seggen kann: dat is to düer? Ick meen: solang as dat nich direkt opfallt? Dat is „prieswert" — dat heet doch soveel as: dat is sienen Pries wert. Is dat ümmer vun buten to sehn? Ich gläuv nich. For uns jedenfalls nich. Du koffst di en Bok, will ick mol seggen, wat dor in steiht, gefallt di, dat is got, ober kennst du soveel vun Papier un Druck un Inband, datt du seggen kannst: dat is sien Geld wert? Dor möt wi uns al op den Koopmann verloten. Un dat könt wi jo ock woll mehrstendeels.

As ick Jung wär, harr mien Unkel vun eenen Boom soveel scheune Appeln, de kunn he gor nich all alleen opeten. Do broch he se to Markt noh Preetz, enen ganzen Wogen vull. Op den Markt koffen em gliek de Handelslüd zentnerwies vun sien Appels af — un stellen sick dicht bie em hen un böden de Appeln to'n Verkoop. De een nöhm 20

Penn for dat Pund, en annern 25 Penn. Mien Unkel wull man enen Groschen hebben. De annern wären de Appeln bald los. Mien Unkel hett noch'n groten Korv vull wedder mit noh Hus nehmen mußt.

Dat is al'n beten her, do hebbt se vun't Wirtschaftsministerium mol enen Test mokt. Se hebbt in en Möbelgeschäft en Slopstuv utstellt, de sull 800,— Mark kosten — allens ganz tadellos mokt, ook hübsch antosehn — Qualität, as mien Vetter seggt. De Slopstuv hett dor wochenlang in't Finster stohn — keen Minsch hett se hebben wullt.

Do hebbt se den Pries ännert, hebbt an desülbig Slopstuv anschreeben: 2440,— Mark. Do kunnen se gor nich soveel Slopstuben ranschaffen, so hebbt de Lüd sick dorum reten.

Dat hebbt so noch mol mit Wiendruben mokt. Toerst hebbt de Druben 1,20 kost. De hebbt de Lüd all kofft. Denn hebbt se an desülbigen Wiendruben anschreeben: 80 Penn. Do wull se nüms mehr hebben. „Hebbt Se denn de nich mehr to'n Mark twindig?“ hebbt de Lüd frogt. De do in'n Loden verkäupen dä'n, de hebbt seggt: „Dat sünd desülbigen Wiendruben. Se sünd blot in'n Pries so fullen — nu könt wi se nich mehr for 1,20 Mark verkäupen.“ Ober dat hett nicks nützt. Se wullen desülbigen Wiendruben for acht Groschen nich hebben. Dat mußt di mol vorstellen! Un ick heff mi dat hier nich utdacht — dat hebbt se vor'n poor Johr sotoseggen amtlich dorchexerziert.

Se köpt also doch noh'n Pries, de Lüd. Se denkt, wat dürer ist, mutt ook beter sien. Denn wat verstoht de Lüd vun Slopstuben? Soveel as gor nicks. Un de Wiendruben kannst dat vun buten jo ook nich ansehn, wat se so sünd, as du se hebben wullt. — Nee, de Sok hett enen anneren Hoken. Wi möt soveel Vertroon to den Koopmann hebben, datt wi wet: he verkofft uns keenen Schiet, wenn dat billig is, un toveel Geld nimmt he uns ook nich af. Liggt dat an uns, oder kann de Koopmann dor wat to don?

HÖLP

Wenn dor op de Strot mol wat passiert un dor kummt en Minsch bie to Schoden, denn mußt du em jo helpen — dat is ganz klor, un dat deit ja ook jede anstännige Minsch. Noch to bie de Autos hüt un bie Ies un Snee.

Dor is hier vor korten en ole Froo ut'n Auto utsteegen un hett sick wat broken oder verstukt hatt — na, se komt jo all antoloopen un helpt ehr wedder hoch — un lod't ehr in dat Auto wedder rin, un denn fohrt ehr Söhn, oder wer dat wär, ehr noh Hus oder in't Kranknhus — dat weet ick nich.

En junge Froo hett düchtig mit anfot't — un freit sick, as se de Mudder wedder wegstaut hett. Se geiht vun dat Auto trügg — pedd't in den Snee un dat Ies woll'n beten scheef — fallt ook hen — un brickt sick nu ook noch een Been.

De mehrsten Lüd sünd al weg — se kann nich oppedden. Ober dor steiht noch 'n Aschwogen — so'n richtigen Hamborger Aschwogen. De beiden Aschkerls — seggt wi jo ümmer — de de Aschammers ümmer an den Wogen ranrullt, lot glieks allens stohn un liggen un komt antoloopen. Se helpt er hoch — ober wat nu?

De Froo mutt jo glieks in't Krankenhus, dat is klor. Stohn kann se grod noch op dat heele Been, mehr ober ook nich.

Keen Auto sünst in Sicht.

„Dat wüllt wi woll kriegen", seggt de beiden, „wi fohrt se hen noh dat Unfallkrankenhus." Dat mutt man sick mol vorstellen: de sünd doch woll in Deenst — bie't Aschaffohren. Drövt se sowat? Ick gläuv nich. Wenn de erst harren anfrogen wullt — telefonisch — ick weet nich, wat de Amtsschimmel jem seggt harr. Gor nich erst frogen, dat is in so'n Fall ümmer beter — un sekerer. Se wüllt helpen, dat is allens. Un dat is jo woll veel, meen ick. De Froo mit dat kaputte Been hett sick gewiß bie jem bedankt, ober wi sullen uns ook noch mol bedanken, denn so'n Kerls könt wi bruken in de Welt — in uns' Welt hüt erst recht.

Na, un nu: vörn rin, bie den Fohrer, kunnen se de Froo nich kriegen. Se hebbt ehr achter op den eenen Platz, wo sünst de eene Aschammerruller steiht, dor hebbt se ehr mit dat heele Been henstellt — de Froo hett seggt: dat geiht got. Un denn sünd se sutje losfohrt mit ehr Geschütz — un bie dat Unfallkrankenhus direkt vor de Dör.

Nu hett de lütte Dochter vun de Froo, de hett dat allens mitbelevt. De hett ehr Rad bie sick hatt un is nu mit den Aschwogen mitfohrt. In't Krankenhus is se mit ringohn, un dor hebbt se se noh de Opnohm rinholt, datt se dat mit de Personalien seggen sull — se wär woll sowat 12, 13 Johr. Se wuß dat ook allens fein: Nomen, Geburtsdag, Adreß un allens, wat dor so toheurt. Nu keum de Swester mit de Frog: „Wie ist der Patient ins Krankenhaus transportiert worden?“ De Deern seggt, wat se seggen mutt. Se seggt: mit'n Aschwogen!

Do kickt de Swester hoch un seggt, nu heur mol to, seggt se, dat is hier keen Spoß, dat is'n ernsthaftigen Krom, wenn dien Mudder sick dat Been brickt! Do verklort de Deern ehr dat, datt dat doch so is.

Do holt de Swester sick noch en anner Swester — un de beiden unnerholt sick dor över un seggt, dat könt se doch nich schrieben: mit'n Aschwogen! Och, seggt de een toletzt, se wüllt eenfach schrieben: motorisiert. Dat hebbt se denn ook don. Un so is dat komen, datt dat gor nich aktenkundig worden is, — vun de beiden — oder vun de dree Aschengels, de de Froo opsammelt un mit ehren Müllpanzer an dat witte Krankenhusbett fohrt hebbt, — hilfreich und gut.

Un dat deit mi eegentlich leed. Ich denk mi, dat harr sick noch noh Johren fein lest in dat Opnohmebok: mit'n Aschwogen.

DÜTLICH

Wenn de Zeitungskerl op de Strot sien Blatt utropen deit, villicht dat utropen deit, wat dor dick öbersteiht — wat dor grod so for dullen Krom passiert is, denn kriggst du dat männigmol gor nich mit, wat he seggen deit. He mutt denn al ganz dütlich snacken, wenn du dat verstohn sallst. Kann jo ook sien, du sallst dat gor nich glieks verstohn — du sallst blot erst mol toheuren un stohn blieben un denken: wat seggt de dor? So is Reklame jo: erst mol to'n Toheuren bringen.

Anners is dat jo op'n Bohnstieg, wenn se dor wat bekanntgeben dot. Dat süllt de Lüd jo op jeden Fall all verstohn. Ober ick heff dat ook al hatt, datt se dor'n ganzen Stremel dorchseggt hebbt, un wenn dat denn to End west is, heff ick keen Wort verstohn hatt, un de Lüd hebbt sick dumm ankeken un hebbt een vun den annern dacht: Hest du dat verstohn? Dorbie kannst du nich seggen, datt de Bohnmann dor in sien Mikrophon to liesen snackt hett — nee, he hett to lut snackt, veel to lut. Dat hett bullert un ballert un bölkt un en Echo geben, datt dorum nicks to verstohn wär. Villicht hett he sienen Apparat to dull opdreiht hatt (wenn he dat öberhaupt kann mit sienen Kasten), oder he geiht dor to dicht ran un bölkt to dull rin — as wenn he öber den ganzen Bohnhoff bölken mutt. Ick mutt denn ümmer an de ole Geschicht denken, wo in en Kontor en Mann teuvt, he will mit den Chef snacken — un do heurt he, wie de Chef nebenan so gräßlich bölken deit — un do frogt he de Sekretärin, wat de Chef dor so to brüllen hett. „Och", seggt dat Frollein, „he snackt mit Berlin." — „Mein Gott", seggt de Beseuk, „is dat denn nich eenfacher: he telefoniert?" Op so'n Gedanken kannst op'n Bohnhoff ook männigmol komen, datt he gläuvt, he mutt dorch dat Mikrophon ook so lut snacken. Ober datt wi em dat mol seggen dot, dat troot wi uns doch nich. Wenn wi eenen helpen wüllt, meent he licht, wi stekt uns twüschen sien Soken. Ick sitt mol in'n Bus — in twee Minuten sall he affohren. Do kummt dor'n Froo an de Dör un frogt, wat de Bus woll noh 'n Möhlenbarg fohrt. De Fohrer schüttelt mit'n Kopp. Wieder nicks. Se hett jo ook wieder nicks frogt. Se will jo ober mehr weten — un dat harr he sick eegentlich denken mußt. Se frogt denn ook, wo se denn mitfohren mutt. He seggt wedder nicks, wiest noh de anner Siet — dor steiht 'n annern Bus. „Mit den?" frogt se. He nickkoppt.

As se weg is, seggt he: „De könt eenen verrückt moken mit ehr Frogeree."

Un nu harr ick eegentlich wat seggen mußt, ick weet jo, wo Snacken got for is — datt se sick erst mol richtig verstoht — un ook jo woll, datt de Krom en beten fixer afloppt.

Dat is al'n beten her, do kummt mol op 'n Rothusmarkt de Bohn an. En Mann geiht ran un frogt, wat se noh'n Hauptbohnhoff fohrt.

„Wi fohrt noh Langenfelde", seggt de Schaffner. —

„Ick frog jo, wat Se noh'n Hauptbohnhoff fohrt", seggt de Mann. —

„Un ick segg jo, wi fohrt noh Langenfelde", seggt de Schaffner. —

„Wat weet ick vun Langenfelde!" seggt de Mann, „fohrt Se denn öber'n Hauptbohnhoff noh Langenfelde?" —

Do endlich seggt de Schaffner: Nee! — Un sowiet harren se al ehrer sien kunnt. Ümmer snacken un allens dütlich seggen — dor bün ick nu mol for. Denn verstoht se sick nich verkehrt — un wet Bescheed.

LACHEN

De Chef vun dat grote Appelsinengeschäft, de seggt mol to mi: „Wat holen Se eegentlich vun den jungen Kuhlmann? — Se kennem em jo." — „Och", segg ick, „ick mag em ganz gern. Ümmer fix bie de Arbeit — un denn ümmer fründlich un lustig — en netten Mann, dücht mi." — „So?" seggt de Chef. „Fix bie de Arbeit, dat stimmt. Ober de Bengel lacht mi toveel — as wenn dat allens wieder nicks as Spoß is. Ick heff doch'n reeles Geeschäft — wat is dor bie to lachen? Wat süllt de Lüd dor vun denken? Villicht vertellt he ook noch Witzen — dat wär jo nu dat Letzte! Ick verstoh gor nich, wie so'n Mensch soveel lachen kann — un mag. Dor kann jo nich veel achter steken, achter so'n Minschen."

An Witzen — dat weet ick al lang — hebbt veele Minschen gor keen Vergneugen. Liggt dat nu an ehren Verstand, datt se den korten Weg in den Witz so fix nich mitkriegt? Oder sünd se so sensibel, datt se dat nich afkönt, wenn in den Witz över eenen Minschen lacht warrt? So'n kenn ick! Oder is jem dat allens eenfach to dumm? Denn liggt dat doch en ehren Verstand, meen ick. Ober de junge Kuhlmann, den mokt dat allens jo noch Spoß, den kummt dat Leben noch nich so trurig vor, un ernsthaftig is ook nich beter as lustig, meent he woll.

Ji kennt jo de Geschicht vun den Frömden in Altno, de sick — vor veele, veele Johren wär dat — de sick bie de Polizei verdächtig mokt harr. He harr in dat Frömdenbok schreeben, he wär in Altno to sien Vergneugen. Dat wär verdächtig, sä de Polizei — domols! — in Altno hett sick noch keen Minsch to sien Vergneugen ophollen. Domols! Vergneugen is verdächtig! Bie Unkel Gustav in dat grote Etogenhus, so'n richtigen Seelensilo, mit ganz dünne Wand'n, wo du meenst, de hett Müs' in de Stuv, wenn se nebenan Tweeback et — dor wohnen boben junge Lüd in, de hebbt ümmer so veel lacht. „Sünd de nu noch normal?" schimp Unkel Gustav. „Wat is denn eegentlich to lachen? Is di lächerlich? Ick schriev ober nu mol an den Viez — wi hebbt hier doch keen Kaspertheoter!" — Worum eegentlich nich? En beten Kaspertheoter is doch gor nich verkehrt. Ober lustig is lästig, meent welk. Un wenn dat in en Theoterstück allens swatt in swatt is un toletzt allens in luder Unglück to Grund'n geiht — dat kann noch so slecht sien, denn meent se ümmer noch, dat is beter, as wenn se sick in en Stück mit Lachen över all den Schietkrom weghelpen dot.

Vor allerhand Johren heff ick mol bie mienen Jung achter op dat Motorrad hukt. Feines Weder, allens richtig mollig — un as wi do in de lütte Stadt rintrudelt, fangt wi an to singen, tweestimmig, dat geiht enen jo mol so. De Lüd kiekt jo'n beten — dat mokt ober nicks. Mit'n mol kummt de Polizei achter uns ran un winkt uns an de Kant. Wi stoppt jo — wat mag dor lossien? De Polizist kummt op uns to, seggt goden Dag, un denn seggt he: „Hauchen Sie mich mal an!" Un denn frogt he, wat wi drunken hebbt. Hüt morgen Klock teihn twee Tassen Kaffee, segg ick. Un wat denn woll los is, frog ick. Wi hebbt jo sungen, seggt he. Jä, segg ick, is dat verboden? Nee, dat nich, ober verdächtig. Wieso denn verdächtig? segg ick. Jä, seggt he, singen dot blot de Dunen, na, bie uns stimmt dat jo nich, wi sünd woll man blot lustig — un dat is eegentlich ook ganz nett, wi süllt uns man nich steuren loten.

Ober kiek mol an: singen dot blot de Dunen — un verdächtig büst erstmol! Ober lot man: wi wüllt uns man nich steuren loten!

GESCHICHTE

In de Schol hebbt wi all Geschichte hatt. Wi hebbt düchtig büffeln mußt — all de Tallen un wat dor passiert wär — un wenn wi dat allens buten Kopp wussen, denn dachen wi: Nu weet wi Bescheed — nu kennt wi de Geschichte. Ober dat wär jo de verkehrte Geschichte, so as se hüt seggen dot. De uns domols de Geschichte biebrocht hebbt, dat sünd all Dummköpp west — oder se wullen uns dumm moken, datt wi dat gläuben sullen, wat se uns vertellen dä'n.

Ick kann sünst nich seggen: mien Scholmeister, den ick in de Geschichte harr, de wär ganz un gor keen Dummkopp — un beusortig wär he al lang nich. Ober dat is jo klor: so klok as de Lüd hüt kunn he natürlich nich sien — wo sull he dor ook woll to komen! Hüt schrievt jo männigmol Lüd över de Tiet vor foftig Johr — un dat is jo, wenn wi an Geschichte denken dot, noch gor nich mol so lang her. — Wenn ick dat allens gläuben sall, wat de schrieft, denn hett mien Vadder uns jo bannig kort an de Lien hatt — un wenn em wat nich passen dä, denn gäv dat wat vor de Bücks. Dat denkt se sick so — blot stimmen deit dat nich. Wi hebbt dor nicks vun markt. Ober gläuben dot se dat hüt.

Un de Herren Offiziere vun Willem zwo, de wären nich blot dumm, de harren all'n lütten op'n Bö'n — so molt se se af, so vertellt se vun jem — un dat kummt: se kennt nicks wieder as de Karikaturen, de dat domols in de Bläder gäv. Dor holt se sick an. So as se jem sehn wüllt, so mokt se jem hüt.

Vor'n Tiet heff ick mol welk danzen sehn, die wullen dat mol wiesen, wo de Lüd um 1910 danzt hebbt. Dor danzen ook Soldaten ut de Tiet mit. De danzen in Helm un Tschako un so — de dor noch'n beten vun mitkregen hett vun de Tiet domols, de weet: dat kunn öberhaupt nich angohn, datt en Suldat sotoseggen in sien Paradetüg to'n Danzen gung — mit Helm op — harr blot noch fehlt, he harr den Sobel mit rumswenkt. Na scheun, dat hebbt se nich mehr wußt, harrn se jo ober to weten kriegen kunnt.

Denn speelen se bie düsse Danzeree — 1910 — enen Tango. Ick heff den ersten Tango 1913 heurt un sehn — un nich in Dütschland. Dor — to den Tango vun 1910 — speelen se „O Donna Clara" — dat keum ober erst in de twindiger Johren op — un sowat, meen ick, harren de Lüd, de sick jo mit Danzen un Dänze afgeben dot, eegentlich kennen mußt oder rutkriegen mußt. Ick segg dat man, datt ick dor mol op henwiesen will, wo ungenau se al düsse Tiet, de doch man eben vorbie is, wo ungenau se de in ehr Brill hebbt.

Wat mögt se denn erst vertellen vun de Tiet, de al veel länger her is! Vun't Mittelalter, will ick mol seggen. — As de Minschen noch mit ehr Steenbiel umgungen, do sünd se jo woll noch veel dummer west — do wussen se noch nich recht wat vun Fortschritt. Ober wenn du di so'n Steenbiel mol genauer ankieken deist, denn mußt du doch woll sehn, so dusselig sünd se domols ook nich mehr west. Een mutt sick eegentlich en beten genieren, ümmer dor vun to snacken, wo wiet wi dat brocht hebbt, wat wi eenmol for kloke Minschen sünd. En beten bescheiden, dat stunn uns eegentlich nich slecht to Gesicht. Ober dat is jo een ole Sok: Bescheiden is blot de, de wat weet. Ook — oder villicht grod — in de Geschichte.

KAUGUMMI

De Madam kummt mol in de Kök, un do sitt de Deenstdeern dor un is bie to eten. „Um Gotteswiilen, Anna!" roppt se. „Du ittst mit dat Metz?!" — „Wieso?" seggt Anna. „Sünd Se aberglövsch?" Dat is'n ole Geschicht. Ober dor is hüt jo noch wat an. Dat gifft jo Minschen, de meent, allens, wat mit Benimm, mit goden Benimm to don hett, dat is Heuhnerglooben. Se meent, dat hebbt sick en poor Öberspönige utdacht. Wenn du eenen to Meddag bie di hest un he leggt di de Fischgroden oder de Kirschensteen op dat Dischdok — wenn sick dien Froo denn argert, is dat öberspönig? Oder wenn he mit de Ellbogen op'n Disch liggt — oder wenn he den eenen Arm unnern'n Disch bammeln hett — wat hest du dor eegentlich gegen, worum magst du dat nich? Du kunnst jo seggen: Lot em doch, wenn he meent, dat mutt so. Oder wenn he dat so dütlich heuren lett, wo em dat Eten smeckt — dat mögt wi nu mol nich — un ick kann mi vorstellen, datt du seggst: den will ick hier nich wedderhebben.

Ober worum? Villicht hett de anner dat vun to Hus nich mitkregen. He ohnt dor gor nicks vun, datt he sick so — ick will mol seggen — blamieren deit. Dor hebbt sien Öllern denn woll Schuld an. De meent villicht ook, dat is allens Heuhnerglooben — dat is allens nich so slimm. Ehr Kinner hebbt dor den Schoden vun.

Dat gifft jo Chefs, de goht erst mol, ehrer se eenen anstellen dot, mit em to'n Meddageten. Denn markt se dat, wat se em hier un dor ook mol vorwiesen könt. Dor is al männigmol en jungen Mann bie achter dol fullen. Un leeg is dat eben, datt he mehrstendeels nich ohnt worum.

Biebringen — je, kannst jem dat biebringen? Dor gläuv ick nu wedder nich an.

Hüt hebbt wi dat jo eenfach in düsse Soken. Wi brukt nich erst mit den jungen Mann to'n Eten to gohn. Hüt hebbt wi jo dat Kaugummi. Dat Kaugummi is so'n Ort Benimmdetektor. Dor könt wi an sehn, wat se em to Hus biebrocht hebbt. Wenn se dor so in de Hochbohn mit dat Kaugummi rumjonglieren dot — ümmer den Mund fein wiet open, datt du ümmer sehn kannst, wo se dat grod hebbt — dat sünd jo so Ut- un Insichten — denn weeßt du Bescheed. Wat sall so'n armen Bengel ook mit dat Kaugummi moken, wenn sien Mudder em dat Rundstück grod so vertehren lett, un wenn se dor nicks to seggt, dor nicks to to seggen weet. Un so geiht dat denn ümmer wieder noh dat ole Bibelwort: Hilf, Herr, er will mich schlingen!

So'n Lüd wüllt dor ook nicks vun heuren — se markt dat gor nich mol. Ick bün mol mit mien Froo un dree Kinner in de S-Bohn fohrt — dor sät uns en utwussen Froonsminsch gegenöber — de kau un lutsch Bontjes, ober so — dütlich, ick harr bald seggt: kunnst dien eegen Wort nich verstohn. Ich harr ook Bontjes in de Tasch, un do hebbt wi ook all eenen nohmen — un hebbt ook so lut lutscht as de Froo — all fief — villicht noch'n beten duller as de Froo. Dat wär en Gezwitscher, as wenn obends de Spatzen to Bett goht. Ober mußt nich gläuben, datt de Froo dat markt hett — dat wär allens umsünst.

En ole Froo, de gor nicks mehr heuren kunn, hett jo mol in de Iesenbohn seten un gegen ehr öber en jungen Mann, de egolweg mit sien Kaugummi rumarbeiten dä — ümmer den Mund fein open — do hett de Froo toletzt to em seggt: „Dat is nett vun Se, datt Se mi dat allens 'n beten verkloren dot — ober dat deit mi leed: ick kann gor nicks mehr heuren un verstoh keen Wort!“

De hett dat jo got hatt, de hett dor nicks vun mitkregen, ober wi sitt dor mit an — mit de Kaugummijongleure.

FREE AN BOST UN BEEN

In'n Winter hebbt se sick jo all scheun inpackt: mit Slips un to'en Krogen, mit Schol un Hot oder Pelzmütz — allens fein mollig un bet boben hen dicht. Ober wenn dat warm ward, denn freit se sick dor al op, datt se in'n Urlaub nohher den Slips wegsmieten könt, in Hemdsärmel gohn — in korte Hemdsärmel — in Shorts un mit blote Been — de een geiht in Räuberzivil, de anner 'n beten sportlich oder noch een ebèn blot'n beten verrückt — blot, dat se mal loskomt vun den seriösen Alldag, an den se sick to Hus, in Hamborg, jo so'n Pojatzenkrom nich leisten könt — nämlich wenn se erst wedder över'n Jungfernsteg loopt, denn kummt jem de „Befreiung" vun all den Zivilisationsklöterkrom *doch* as Pojatzenkrom vor.

Ick weet gor nich, wat de Froonslüd dor to seggen dot, wenn ehr Bobbi sick mol'n beten luftiger antrecken deit — ick gläuv, wenn se nich grod 'n Nogel hebbt, de Froonslüd, wenn se nich grod bang sünd, ehr Mann kunn sien un ehr „Immetsch" verdarben, ick meen: wenn se noch richtige Froonslüd sünd, denn hebbt se dor gor nich mol wat gegen. Se seggt jo sowieso al, wi treckt uns ümmer noch an as vor foftig Johr oder vor 100 Johr. Se hebbt jo nich unrecht. Veel hett sick dor nich an ännert. Heuchstens, datt wi den iesern Krogen losworden sünd un noch so'n beten wat.

De jungen Lüd mokt sick dat jo al eenfacher. Ober in'n Sommer mit'n warmen Pullover, dor mußt ook Lust to hebben. Un ick heff al eenen sehn, de gung mit'n Pelz — blot so ut Verrücktigkeit, gläuv ick, ober for de Verrücktigkeit to sweten, dor harr ick keenen Spoß an. Un so as Langhoordackel in'n Sommer rumloopen, ick harr dor keenen

Gesmack an. Na, ober egol: se wüllt in'n Urlaub vun all dat mol los, se wüllt wieder nicks sien as Minschen. An de See is dat jo eenfach. Dor treckst di eenfach ut, un trecht büst du. Büst den ganzen Heidudelkrom los. Büst wedder en Naturprodukt in de Natur. Un so — stellst du di den Minschen vor.

Ober du mußt nich gläuben, datt du op Reisen allerwegens Lüd mit wenig an dropen deist. Dat gifft en ganz Deel, de goht ook in'n Urlaub op „fein". Dat heff ick letzt Johr belevt. Dor wär in de Gegend, wo wi unnerkomen wären, en Heim oder sowat, so'n Ort Erholungsheim. Un do full mi dat op: in all de Hitt un in all den Sünnenschien, ook op wiede Touren dorch Holt un Barg, gungen de halben Kerls in ehren Sünndagsantog un mit Slips un Krogen. Du kreegst al dat Sweten, wenn du jem mit ehren roden Kopp ankomen sähgst. Ich heff mi wunnert, wo sowat angohn kann, datt se hier in de Natur rumloopen dot as in Hamborg op'n Jungfernstieg. Toletzt bün ick dor achter komen, do heff ick dor mol mit eenen över snackt.

„Jä", sä he, „wenn ick hier op Urlaub bün, dat is so scheun, dor is jeden Dag Sünndag for mi — een Sünndag noh'n annern — wann heff ick mol sowat? Denn will ick mi ook antrecken as an'n Sünndag!" —

Kiek, so is dat. Jede will wat anners sien, as he sünst is — wenn he Urlaub hett. De eene smitt Slips un Krogen weg un will noh de Natur. De anner bind't Slips un Krogen um un will noh de Kultur. Dat blieben, wat se jeden Dag sünd, dat wüllt se beide nich. Dat stickt dor woll so in, in den Minschen, mol dat sien, wat he meent, wat he sülben is. Un ick meen, du sallst ruhig seggen: Lot jem man! Hauptsok is, dat mokt jem Spoß.

VERTROON

Wat hebbt wi dat hüt wiet brocht! Gesundheit, Rendlichkeit, Verkehr — dat is jo all wunnerbor! Oder nich? Welk seggt jo: mit de Rendlichkeit vun dat Woter stimmt dat nich mehr, mit de Luft mit den Verkehr villicht ook nich. Ober dat gifft anner Soken, dor hebbt wi uns överhaupt gor nich erst um kümmert — ick meen de Nettigkeit in de Geschäften — un dat woll dorum nich, datt de jungen Deerns (oder Kerls), de dor verkäupen dot, datt de meent, dat geiht gegen jemer Freeheit oder Minschenwürde oder sowat, wenn se to den Kunnen nett un höflich sünd. So unriep un ook'n beten dumm — dor kannst woll nicks gegen moken. Dat is nu nich allerwegens so.

Ick bün kortens in en Gegend west, de'n beten afsiets liggt, wo se vun den „Fortschritt" noch nich soveel mitkregen hebbt, jedenfalls nich vun de slechte Siet. Dor is mi opfullen, wo nett un fründlich se di dor bedeenen dot — keen Happen muffig un so. Nu sünd de Lüd dor an sick al veel fründlicher as hier bie uns. Ober dat liggt toletzt doch an de Freeheit, de düsse Minschen in sick sülben hebbt. Ick probier mi dor mol'n neen Hot up — do lacht dor en Deern, de'n beten wieder lank steiht un mit mienen Hot gor nicks to kriegen hett. Ick denk, se lacht mi ut — un frog ehr, worum se lachen deit. Do seggt se:

„Weil 's mir gefallt!"

Sowat kann dat bie uns jo nich geben, dat geiht jo gegen jede „Etikette". Un denn is de Deerns dat ook veel to langwielig — wat süllt se sick um anner Lüd ehren Krom kümmern, se hebbt ehr eegen „Interesse" — nich all sünd so, ober veele.

In de Gegend heff ick ook günstig wat käupen kunnt, dat sullen se mi noh Hus schicken, noh Hamborg. Dat hett — na, dat hett bienoh tweehunnert Mark kost. Ick wull dat betohlen oder'n Stück Geld angeben — dat wullen se nich hebben. Un dorbie hebbt se dat erst trechtmoken mußt, harrn dat annerswegens gor nich bruken kunnt. Ne, se kennt uns jo, sä'n se fründlich. Bie den Hot wär dat grod so, dor muß ook noch wat an mokt warden. Wi sä'n, wi kömen nohher wedder, un ick wull wat anbetohlen. Woveele Lüd seggt bie uns, se komt nohher wedder, wenn se bloß vun den Krom afwüllt, un komt gewiß nich wedder. Ober hier verleuten se sick op uns Wort, datt wi wedderkomen wullen.

Mien Froo sä nohher: „Wenn se dor man nich mol mit rinfallt! Dat sull mi leed don!“ Mit dat Wirtschaftswunner sünd se dor nich mitkomen, dat mag sien, in düsse Soken (in moribus) sünd se uns öber.

En Bekannte vun uns hett dor'n Autobusfohrt mitmokt, den ganzen Dag lank. As se morgens op den Bus teuft, hett se ehr scheunes Koppdok op de Bank leggt und hett sick dor op sett — un is instegen in den Autobus un hett ehr Dok dor vergeten. Un hett sick op de ganze Tour argert, denn dat wär en feines Dok. As se obends Klock acht mit den Bus wedder trüggkummt, liggt dat Dok dor noch, hett dor twolf Stund'n legen.

In Kopenhagen lot se dat Fohrrad acht Dog op de Strat stohn — ansluten, dor denkt se nich an, dat deit keen Minsch. Un dor kummt keen Rad weg. In't Mittelalter hebbt se den, de wat stohlen hett, ophängt — männigmol wegen en poor Mark. Wegen en poor Mark? Villicht dorum, datt he den Glooben un dat Vertroon verdarvt. Op wat for'n Ort komt wi dor woll wedder hen, datt sick Glooben un Vertroon vun sülben verstoht?

BUTEN IN DE NATUR

As ick to Schol gung, in de letzten Johren, un as wi so grot wärn, datt wi de Zigarr holen kunnen, do fungen wi natürlich dat Smeuken an. Piep un Zigarr, keen Zigarett, de tell domols noch nich recht. Uns Scholmeister, Professor mussen wi to em seggen, de smeuk sülben dicke, swatte Brasil. Dat harrn wi al sehn, wenn he nohmeddags noch alleen in sien physikalisches Laboratorium togang wär. De hett uns mol bannig bescheed seggt.

He wull dor nicks to seggen, sä he, datt wi smeuken dä'n — dor kunn he doch nicks gegen moken. Ober he harr welk vun uns sehn, de harrn op de Strot smeukt. Un dat geheurt sick nich. Smeuken is en Laster, sä he, un keen anstännige Minsch geiht mit sien Laster op de Strot, vor alle Minschen. He much woll recht hebben, noh dat domolige Gefeuhl — ick kenn Froonslüd, de mögt hüt noch nich op de Strot smeuken. Villicht hett dorum ook de Polizei in de erste Tiet verboden, op de Strot to smeuken — dat hett Strof kost. Ober ick weet nich, datt wi uns noh den Professor richt't hebbt — wi sünd em eenfach ut'n Weg gohn.

Ober he hett noch wat seggt. He hett seggt: buten in de Natur, in de frische Luft smeuken, dat kann keen Minsch, de sick an de Natur freien will, dat geiht em eenfach gegen den Strich. Nohher is mi dat ook bie mienen Vadder opfullen: wenn ick mit em op'n Land'n wär, smeuk he mit'n mol gor nich mehr, heuchstens mol obends, wenn he in de Stuv sät. Dat paßt sick nich to de scheune Luft, meen he. Ick meen, in'n Gord'n, in't Holt, an de See mag ick ook nich smeuken.

Hüt is dat jo anners. Se vermengeleert de scheune Bries, de vun de Elv röberweiht, mit ehr Zigarett — dor hebbt se keen Gefeuhl mehr for. Un en jungen Mann wär dor — an de Elv — de harr sien Kofferradio op Vulldamp loopen. He vertellt sick dor wat mit sienen Fründ — toheuren dä he nich. Anners welk wären mit ehr Auto an de Elv fohrt un harrn sick'n Telt boot un wullen dor de Nacht in slopen. De Dör vun dat Auto harrn se open, denn dor speel dat Radio ook op Vulldamp — se kunnen dat woll nich af, datt de Wind in de Böm ruschel un dat Woter glucksen dä, se mussen woll den Larm vun to Hus um sick hebben — vun den se jo eegentlich mol loskomen wullen, dor sünd se jo um rutfohrt.

Ober se heurt jo ook gor nich to, dat kann jo keen Minsch den ganzen Dag, richtig toheuren, se heurt bloß den Larm. Mi argert dat in't Kino ook ümmer — wenn ick dat seggen droff: ook in't Fernsehen — wenn allerwegens Musik mitloopen deit — de scheune Landschaft ward mit Musik „illustriert" — un dat steuert mit jedesmol — wo scheun kunn dat sien, wenn du wieder nicks heuren däst, as Wind un Woter un Vogels! Oder wenn du ganz alleen mit di sülben wärst in de Natur. Villicht nehmt se ober ehren Kofferradio noh buten mit, datt se nich grugen ward vor sick sülben. Dat gifft jo Minschen, de könt nich mit sick alleen sien. Mag jo sien, datt dat keen angenehme Gesellschaft is. Ober to beduern sünd se allemol — ook de, de sick den Larm mit anheuren möt, den de annern mokt, de em so neudig hebbt.

Oh, hett mi een seggt, ick heff'n Gesellschaftsreis mitmokt — herrlich: vun Anfang bet to End Musik in den Bus — vor München gäv dat Jodler!

Dor kann'n bloß seggen: veel Vergneugen!

IN BAYERN

Freuher heff ick ümmer lacht över Schoster Harms ut — ut — ick weet nich mehr — ut Meckelborg op jeden Fall. Schausting sä'n s' to em — un Schausting wier'n Dichter, he dicht ümmer so eben tau, for Klenner un so. Dor heff ick nich över lacht, wer lacht woll över Dichtkunst.

Nee, düsse Schoster Harms, wenn de verreisen dä, noh Bayern oder so, denn nöhm he'n Sack vull Kantüffeln mit. „Kein Tüften tau Meddag", sä he, „dat kann ick nich af — op de Duer nich." *Dor* heff ick över lacht, denn he mök dor ook'n Gedicht över, dor wüß ick dat vun.

Hüt kann ick dor ganz so dull nich mehr över lachen. Ick kenn de Tiet noch, wo dat in Bayern noch keen Kantüffeln gäv for de — na, for so'n Lüd as uns — do heff ick mank all de Klümp männigmol dacht: nu much ick woll so'n feine Kantüffel hebben! Hüt is dat anners, hüt gifft dat allerwegens Kantüffeln — for uns! — un se wet ook, wie se kokt ward un datt wi se als Soltkantüffeln dreug un nich in Botter hebben wüllt.

Ober hüt geiht dat mi meist as Schoster Harms mit de Kantüffeln op'n anner Flach. Ick heff dat mit de Fisch. Wenn ick lang — na, wi wüllt mol seggen: — in Bayern bün, denn könt se mi noch so feine Forellen vorsetten — un ick mag de Forellen gern! — denn krieg ick toletzt doch so'n Janken noh Seefisch. Dat gifft jo ook bie uns Lüd, de mögt keenen Seefisch, öberhaupt keenen Fisch. Worum, dat weet ick nich, kann ick mi ook nich vorstellen. Ick et jede Woch mienen Fisch — un wenn ick den lange Tiet nich krieg, denn bün ick dor ganz dull op. Wenn de Hering dat Stück 'n Doler kosten dä, sa mien Swoger ümmer, denn wören se all seggen: Dat is en Delikatesse. As rokwarmen Bückel is he doch ook wunnerbor. Ober ick meen noch mehr enen sneewitten Schellfisch, as Kokfisch mag ick em an'n leevsten — mit en feine Perzillsoß oder so. Den ween ick denn so'n beten noh, wenn ick dor unnen in de Bargen längere Tiet sitten do.

Mien Wirt hett mi toerst mit Forellen trösten wullt. As ick denn vun Seefisch snacken dä, sä he, de kunn ick ook kriegen — to Meddag sull ick welk hebben, dat hebbt se nämlich allens, sä he, blot se sülben mögt se to Meddag nich gern. Un wat kreeg ick? Suern Hering in de Dos — un obends Ölsardinen. Dor wär ick nu nich so dull op. Denn broch he mi Matjes in Folie, in Öl. Hüt hett sick dat al'n beten ännert. Hüt kriegt se dor ook al Filet op Ies. Dat is jo al wat.

Ober richtige Fischeter ward se dor doch nich. Ick meen, se denkt öber Fisch noch grod so, as se öber Schoster Harms sien Kantüffeln denken dot. Dat is man blot for de verrückten Preußen. Ick mag jo ook ehr Klümp ganz gern, ober jeden Dag, dat is mi doch toveel. Un wenn se vun Gemüse snacken dot, denn meent se dor ehren olen suren Salot mit — den gifft dat jeden Dag — un mien Wirt mokt heuchstens noch mol Kohlrabi oder Spinot ut de Dos, den dreiht he dorch den Fleeschwulf, un wat he dor mit mokt, weet ick nich — dat Tügs is sick sülben nich gliek.

Ober dor will ick gor nicks gegen seggen, dat et ick allens, dat mutt woll so. Ober eben de Fisch — dat is dat. Wi hebbt mol tosomenseten un hebbt vun Fisch vertellt. Mit all de Binnenlanners. Na, wat kunnen se al vun Fisch verstohn — un wat du jem seggen deist, begriept se nich.

Se kömen ook op Sprotten to snacken. Nee, sä en Froo, se harr mol'n ganze Kist vull schenkt kreegen, ober dat is jo en to langwieligen pukerigen Krom.

„Wieso pukerig?“ frög ick. — „Na jo“, sä se, „erst den Kopp un den Stert af, denn de fiene Hut, de ritt so licht twei, un toletzt de lütten Dinger utnehmen — dor kriggst jo nicks bie in't Liev!“ — Tja, sowat gifft dat. En Kerl vertellt denn vun Krabben, düsse ekligen Wörm much he ook nich. He meen, de wören all op'n Band trocken un kömen denn in'n Rook. Wat wullt du denn noch seggen?

HEEMLICH

Wenn mien Geburtsdag vor de Dör is oder Wiehnachten, denn mag ick dat gor nich hebben, wenn ick dat al vorher do weten krieg, wat se mi schenken wüllt. Dat wör mit de halbe Freid nehmen. So'n Kindskopp bün ick, seggt mien Froo. Ober op de anner Siet mag ick to gern roden, wat se mi woll schenken wüllt — dor bring ick mienen ganzen Verstand for op de Been, datt ick dat rutkrieg. So'n Kindskopp, seggt mien Froo denn wedder, bün ick. Mit wat for'n Bokstoben fangt dat denn an? frog ick woll mol. Un wenn se denn seggt: mit'n S — denn weet ick dat, dat is'n Scherm — oder mi'n R — dat weet ick ook noch: dat is'n Regenscherm. Mien Froo hett ook al mol seggt, dat fangt mit'n P an, un ick heff rumrod't noch un noch, un denn is dat doch'n Scherm west — en Parapluie. Dat sünd eegentlich ganz dumme Witzen vun de Froonslüd, sowat.

Mit dat Öberraschen is dat sowieso so'n Sok, meen ick, wenn wi ook sülben ümmer gläuvt, uns kann dor nicks mit scheefgohn.

Dat is vor Johren west, do heff ick kort vor ehren Geburstag mien Froo frogt, wat ick ehr schenken sall — nämlich dat ganze Johr öber fallt mi dat mit'nmol in: dat kunnst du ehr to'n Geburtsdag schenken! Ober wenn dat sowiet is, denn heff ick dat wedder vergeten. „Eben", seggt mien Froo denn, „dat is dat eben!" Dorum frog ick ehr nu direkt, wat se hebben will — „Ich heff allens. Ick bruk nicks!" seggt se. Dat stimmt ober nich, dat hebbt welk Froonslüd so an sick. Do fallt mienen Jung in, se hett vor vierteihn Dag mol seggt, uns' Teppich op de Deel, de Löper, is gor nich mehr got, se much dor woll'n neen henhebben.

„Junge, jo", segg ick, „dat is ook wohr! Got, datt di dat infallt! Wi käupt ehr so'n Dings!"

Mit'n mol heet dat: ick mutt verreisen, deenstlich. Un ick heff den Krom noch nich ingang brocht! Ober ich denk, mien Jung kriggt dat ook woll al fardig. Ick verklor em dat: Wenn sien Mudder inholen deit, sall he dat utmeten op de Deel — genau natürlich, stimmen mutt dat, leeber eenmol mehr meten, segg ick. Un denn sall he noh dat Geschäft vun Smidt gohn, an'n Bohnhoff, un em dat Mot seggen. Un ick — ehrer ick affohr — ick goh noch fix bie Smidt vor un segg em dat — un bet den un den Dag mutt dat fardig sien. Is got, seggt Smidt, dat mokt wi. Un datt mien Froo nicks markt! segg ick. Nee, nee, seggt Smidt, geiht allens klor. Un denn reis ick af.

As ick noh veer Dog wedderkom — eenen Dag vor den Geburtsdag — bimmel ick an de Husdör, mien Froo kummt un mokt de Dör open — do seh ick dat gliek: dor liggt de Löper op de Deel — eenen Dag vor den Geburtsdag! Mien Froo kickt mi an un lacht. „Fein, nich"? seggt se. — „Wie kummt *dat*?" segg ick. — „Kumm man rin," seggt se, „ick vertell di dat."

Kiek, dat is so west: As mien Froo vun't Inholen kummt, steiht mien Söhn op de Deel — mit'n Tollstock — wull leeber noch mol nohmeten, vun wegen genau. Mien Froo wuß glieks Bescheed, seggt se. Annern Nohmeddag bimmelt de junge Mann vun Smidt an de Husdör — he will mol frogen, wat dor'n Kant rumneiht warden sall, um den Löper. „Jo", seggt mien Froo, se süllt em man got infoten. Un lacht sick eenen. Den Dag dornoh kummt de junge Mann wedder — mit den Löper unnern'n Arm. „Leggen Se em man glieks hen!" seggt mien Froo. — „Un hier is de Reknung," seggt de junge

Mann, „quittiert." — „Is got", seggt mien Froo un betohlt — ehr Geburtsdaggeschenk. Dat Beste an ehren Geburtsdag, seggt mien Froo, sünd de Snuten west, de wi mokt hebbt, mien Jung un ick — ick voran.

As ick wedder noh'n Bohnhoff muß, kunn ick mi dat nich verkniepen — Smidt stunn in sienen Loden — ick mok de Dör open —

„Hallo", seggt he, „allens klor?" —

„Jo", segg ick, „allens klor! Ober een Deel wull ick Se man noch seggen: Wiehnachtsmann könt Se nich warden!"

GLATTIES

So'n beten Snee und Küll is eegentlich en ganz feine Sok. Wat hebbt wi uns as Kinner freit, wenn de Winter losgung! Hüt freit wi uns nich mehr so dull. Hüt denkt wi an den Kohlenkeller, dat Eul oder dat Gas — de dor nich an denkt, de denkt an sien Auto un wat dat woll rutschig is op de Strot.

Wenn du'n Hus hest, un dat mag noch so lütt sien, denn mokt di de Snee un Frost noch extro Arger: Du sallst denn nämlich, so breet dat Grundstück is, op den Fotweg streien — mit „geeignetem Material" sallst du streien, datt de Lüd nich utglitschen dot. Wo kriggst du in de Stadt „geeignetes Material" her? Sand un Sogspön hest du nich. Asch hest du blot noch, wenn du nich mit Eul oder Gas beuten deist. Denn will ick di man noch een Deel roden: nimm keen Brikettasch, sünst ward dien Froo fünsch. Brikettasch farvt so got — op de Trepp un voran op den Teppich.

Keen Minsch freit sick, wenn he morgens in'n Dustern mit sien „geeignetes Material" op de Strot mutt un streien sall. Wenn du Asch hest un wenn dor denn noch'n beten Wind bie geiht, denn weiht di de Asch noch weg. Denn wullt du dat natürlich so fix moken, as dat man geiht. Mogeln kannst ober nich — de Polizei paßt bannig op. Du mußt dienen Deel, so breet as dat Grundstück is, ganz un gor streien. Du mokst dat genau bet noh den Nohber ran — natürlich keen Stück wieder, blot nich! Lot den man sehn, wie he klorkummt — wi mokt dat bie uns, un dormit basta!

Ober wie is dat hier: twüschen Möller un Schulz ehr Grundstück, dor is'n smallen Gang, villicht twee Meter breet. Dat heurt nich to Möller un ook nich to Schulz. Is dat villicht Stootsgrundstück? — twee Meter breet — bobento noch'n lütt beten rund — twee Meter prima Glatties. Dor danzt de Lüd as de Zirkusperd'. Welk sett sick ook mol'n Oogenblick dol un schimpt.

Ober Möller un Schulz hebbt recht, beide hebbt se recht. Un wenn sick dor op dat Stück een en Been breken deit: vun Möller oder Schulz kann he keenen Penn verlangen.

Dor kann jo nich mol een verlangen, datt se de twee Meter ook noch streien dot, villicht jeder eenen Meter. „Wie kom *ick* denn dor to?" seggt Möller — un Schulz seggt: „Wie kom ick *dor* to?" Dat steiht jo ook narms schreeben, datt se dor streien möt. Un dat is eegentlich dat Trurige an den ganzen Krom, datt dat nich bie Möller un Schulz schreeben is — in'n Kopp oder so, wo dat männigmol schreeben steiht. Op Papier, — nee, dor steiht dat nich! Mutt dat ümmer op Papier stohn, wat wi don möt? Un sowieso: Vorschriften noh den Bokstoben don, blot noh den Bokstoben, dat langt doch nich. En beten Solt möt wi dor al togeben, en beten möt wi unsen Verstand anstrengen — wenn wi em hebbt.

Ober ick will nich leegen: Möller hett dat Stück nu doch streit un streit dat jeden Morgen mit. He hett sick nämlich sülben op dat Stück bannig op'n Mors sett. Nu streit he dor. Un dat deit mi leed. Nich, datt he dor henfullen is — dat deit mich nich leed — nee, datt dat erst so komen mutt, datt he dor erst mol henknallen mutt, he sülben, bet he dat insüht, — *dat* deit mi leed. En vernünftigen Minschen muß dat eegentlich nich neudig hebben, datt sien Verstand erst op düsse Ort 'n lütten Schubs kriggt — de mutt dat eegentlich ganz vun alleen insehn, datt dat Leben blot mit Vorschriften op Papier nich ingang to holen is — en beten Grütt heurt dor ook to.

DE PULLI

Jochen un Ruth, de wüllt in de Ferien verreisen — nich alleen, so eenfach is dat Leben nich — nee, mit de Kinner, se hebbt'n poor Kinner — en poor, dat sünd veer — un so geiht dat ook to, as se bie sünd to packen. De lüttst, dat is 'n Deern, de mutt jo allens for de Popp mithebben, datt de Popp sick an de See nich verkäuhlt — leeber 'n poor Soken vun ehr, vun de Lütt, to Hus loten — se kann dor beter gegen an as de Popp. Un denn is dor Stefan, dat is de Tweetlüttst, de is teihn Johr — grod worden — de hett ook bannig mit de Packeree to don. He molt jo ümmer un will an de See nu ook molen, un dor mutt he jo allerhand for mitnehmen: de Farben, de Pinsels un dat Papier. Ober dat is dat nich alleen: he schrifft ook Bäuker — Romane, Kriminalromane — for Kinner. Dor hett he al mehr vun anfungen — de sünd noch nich all fardig — dorum mutt he jem all mitnehmen, wenn em dor an de See dat Schrieben ankummt, oder wenn em wat infallt. He is so'n langsomen Pussel un fummelt mit düsse Soken ümmer in sienen Kuffer rum, do kummt sien Mutter un seggt, he sall dat nu mol liggen loten un erst mol sehn, datt he sienen roden Pulli holt un inpackt — de mutt op jeden Fall mit!

He geiht los un will den Pullover holen — dat duert en ganze Tiet — do roppt sien Mutter em, wo he denn mit den Pulli blifft. He kann em nich find'n, seggt he. Dat is jo woll nich de Meuglichkeit! Ober se find't den Pulli ook nich, all tosomen find't se em nich — un dat ward ook al Tiet, se möt los. Villicht hett een em jo in enen annern Koffer packt — dat stellt sick woll rut, se hebbt jo de ganzen Ferien vor sick.

Wat sall ick seggen: dat stellt sick nich rut — de Pulli is un blifft weg. Na, dat Weder blifft ook de ganze Tiet got, Stefan brukt em gor nich — un mit sien Kunst kummt he natürlich ook nich wieder. „Schaffenspause". De Öllern käupt ehr Kinner so'n Holtpantinen, as se nu an de Mod sünd — un dor erst recht, wo se in Ferien sünd. As de Ferien to End' goht un se wüllt noh Hus fohren, sünd Stefan sien Pantinen weg — ober he weet, as he'n beten nohdenkt, do weet he, wo se sünd: he hett se an 'n Strand stohn loten, wo se vor fief Dog west sünd.

Do ward de Vadder fünsch un seggt: „Dor geihst du nu hen un holst se her!" Stefan mokt sick op den Padd — so as he losgeiht, brukt he dor woll annerthalv Stunnen to, hen un trügg. Noh 'n dreevertel Stunn sett Jochen de ganze Crew in sienen Wogen, un se fohrt em noh — so hart will he dat doch nich moken mit Stefan — un se hebbt em ook bald inholt — he geiht dor ganz sutje un drömelig den Weg lang, so as „und nichts zu suchen, das war mein Sinn".

Na, se findt de Pantinen ook, se stoht dor ümmer noch, wo Stefan se henstellt hett. Alltoveel mag Jochen dor ook nich to seggen, he hett al mol sien ganzes Schof in den Wogen lodt un is affohrt — Richtung noh Hus — do hett sien Froo mit'n Mol markt, datt se Stefan in dat Holt vergeten hebbt — se sünd trüggfohrt un hebbt em ook noch fund'n — dat sitt Jochen woll noch in de Knoken.

Na, nu fohrt se jo ut de Ferien noh Hus, un as se ankomt, geiht da gliek wedder los: Stefan sall den roden Pullover seuken — weg sien kann he jo nich. Ober nicks is to find'n, un den annern Morgen mutt Stefan nu *so* noh Schol gohn, Pullover hett he nich an. As he medaggs noh Hus kummt, hett he ober den roden Pulli an: den hett he in de Schol hangen loten — un dor hett he ruhig un seker de ganze Tiet hungen.

Dat stimmt doch: dat find't sick allens wedder an! Blot nich opregen! Un wenn dat nich allens bet op den Punkt wohr wär, harr ick dat hier gor nich vertellen mucht.

MIT DE OLEN

So wiet sünd se nu ook al wedder, datt se sick seggt: ganz ohne Autorität geiht dat doch nich. Wi könt jo nich so lang teuben, bet de Kinner allens vun sülben lehrt hebbt — ohne Autorität — wi könt nich so lang teuben, bet dat Hus afbrennt is un de Kinner sick den sülben seggen dot: Dunnerslag, sull dat vun de Rietstickens komen? Un dat is jo al veel. So hebbt wi eben doch unsen Kummer mit de Kinner.

Ober dat gifft jo ook Kummer mit de olen Lüd. So as Hannes mit sienen Vadder. Sien Vadder is al olt, un Hannes hett dor sienen Kummer vun, datt de Ole sick keen Arbeit moken deit, datt he ümmer so rumsitt un dor öber jammert, wat de Welt so langwielig is.

Nu hett de Ol en lüttes Hus un bie dat Hus enen lütten Gord'n. Mit den Gord'n hett he eegentlich nicks to don, dor hett he nämlich wieder nicks in as Gras — wenn he seggt: ick heff den ganzen Gord'n vull Rosen, denn gläuvt de Lüd, he hett dor nicks in as herrliche Blomen-Rosen — un ohnt dat nich, datt dat Gras is, wild un vull Unkrut, en Rosen is dat jedenfalls nich. Un nu hett Hannes sick wat utdacht. Datt de Ol en beten um de Hand hett un nich ümmer blot so rumsitten deit, dor will he em nu woll to verhelpen: he kofft em'n lütte Meihmaschin, dor hett de Ol denn en beten mit to don — dat ward em nich suer (de Maschin is elektrisch), un versitt de Stunnen denn doch nich eenfach so. De Ol freit sick ook to de Maschin. Denn ward sien Rosen doch beter utsehn, seggt he. „Denn goh dor man bald bie!“ seggt Hannes. — „Jo“, seggt sien Vadder, „dat wüllt wi woll kriegen.“

Noh'n poor Dog kummt Hannes wedder hen noh sienen Vadder un süht dat, wat dor passiert is — „Oh“, seggt he, „dat is jo fein — tadellos sneden, de ganze Gord'n, dat deit di got, Vadder, sallst mol sehn!“ — „Jo“, seggt de Vadder, „dat gefallt mi ook beter so!“ — „As ümmer in so'n wilden Gord'n sitten!“ seggt Hannes. — „Jo“, seggt de Vadder, „ick heff Nohber Künzelmann teihn Mark geben — dor hett he dat Gras doch fein for sneden — billig un got!“

Un he, de Vadder? De hett dor bie seten un hett toke-ken. Dor kannst an sehn: ümmer klappt dat mit de Olen ook nich so, as wi uns dat denkt. Ober Hannes sien Vadder hett noch mehr so'n „Ansichten“, de anners sünd as Hannes sien. Hannes will verreisen, op Urlaub gohn — un he hett jo'n goden Vadder — de seggt to em: „Du hest mi al so oft holpen — ick stüer di to dien Reis ook'n beten to — ick gev di 15 hunnert Mark to!“ — „Oh, Vadder“, seggt Hannes, „dat sallst du nich, dat is jo veel Geld —“. — „Egol“, seggt de Vadder, „ick will dat ober.“ Un he kriggt dat Sofaküssen her un trennt dat op een Siet op ...

„Wat mokst du denn, Vadder!“ roppt Hannes. De Vadder lacht — „je, kiek mol!“ seggt he un kriggt ut dat Sofaküssen 1500 Mark rut. Hannes blifft de Luft weg. „Vadder“, seggt Hannes, „ick heff doch erst vor veerteihn Dog veerdusend Mark for di op de Bank brocht — veerdusend Mark, de du in de Zigarrenkist harrst — un nu hest du noch fofteihnhunnert Mark in't Sofaküssen. Is di denn noch to helpen?! Wenn dat een find'n deit — denn büst dat los!“ — „Och“, seggt de Ol, „ick heff dat Küssen jo fein toneiht — wer sall dor dat Geld in find'n! Un denn jeden Dag mol'n Öberfall op de Bank? Nee!“

Ick nehm an, Hannes hett dat Geld erst mol annohmen — denn is dat jo wedder seker. Ober wie kummt he nu mit sienen Vadder klor? Den mutt he dat woll noch ganz dütlich utenannerpulen. Noch dütlicher, as he dat al don hett. Un dat is gor nich mol gewiß, datt de Vadder dat denn gläuvt — un datt he dat denn ook deit, wat Hannes em seggt — em vorsnackt, as de Ol seggt.

Ick meen, dor is mol richtig an to sehn, dat sünd nich blot de Kinner — mit de Olen kannst ook allerhand hebben. Un wat eenfacher is, dat mit de Kinner oder dat mit de Olen, dat weet ick nich recht.

ROH

So, — heff ick mol seggt, — nu heff ick Roh! Mien Froo is to Stadt fohrt — ick bün alleen un kann moken, wat ick will — kann mol oparbeiten, wat sünst ümmer liggen blifft. Ick fang glieks mol an mit den Breef — de liggt al mehr as acht Dog, dor mutt ick jo mol wat to schrieben. Ich treck den Bogen in de Maschin — schriev dat Datum — hoppla! Dat bimmelt an de Husdör. Dor goh ick erst mol hen — dat is de Bäcker. — Wat wi denn for Brot hebben wüllt, frogt he. Jä, segg ick, dat weet ick nich — wat nimmt mien Froo denn ümmer für Brot? — En Fienbrot, seggt he, twee Paket Swattbrot un 6 Rundstücken. — Na, denn sall he mi dat man geben, segg ick. He gifft mi dat, ick fummel dat Geld ut mien Tasch un pack den Krom erst mol weg — in de Kök, ick weet gor nich, wo se dat ümmer hett — och, hier — dor is dat woll richtig.

Denn goh ick wedder an de Maschin — kiek, nich mol dat Datum is fardig worden. Also nu — ick mok dat trecht — un schriev: Mien leeben Peter! Du hest mi — dor! Do bimmelt dat wedder. Dat Telefong düttmol. Dor meldt sick een, de seggt, ick harr em vor dree bit veer Wochen seggt, wi wullen dit un dat mol besnacken, ick wull em ober wedder anropen — dat harr ick woll vergeten. Ick kann mi so fix gor nich besinnen, wat dat man noch wär — toletzt fallt mi dat ober so halv un halv wedder in — un wi mokt denn ook af, wo wie uns mol dropen könt un wann — dat schriev ick mi in mienen Kalenner.

Un denn wedder hen noh den Breef. „Du hest mi . . .“ Jä, wat hett he mi? Do kloppt mien Nohber an't Finster. Ick goh rut un segg em Godendag — he frogt, wat he de Ledder mol hebben kann. Jo, gewiß kann he dat — un he geiht ook glieks los.

Un ick wedder an den Schrievmaschin. Dat fallt mi ook wedder in, wat Peter mi frogt hett — un ick schriev 'n poor Reegen, do bimmelt dat al wedder — Froo Steenmetz bringt uns de Eier — wunnerbore Eier sünd dat ümmer, ganz frisch un grot. Se will mi grod noch'n beten vertellen, do seh ick: dor kummt de Jung vun den Schoster un bringt mi mien Scheuh wedder — dat is jo fein — dor heff ick al lang op teuvt, ick betohl de beiden, Froo Steenmetz un de Schosterjung — un de Schosterjung kriggt ook noch 'n Drinkgeld.

Nu kann ick erst mol *nich* wedder an de Schrievmaschin — nu mutt ick genau opschrieben, wat ick allens utgeben heff, sünst kom ick nohher nich richtig mit mien Froo ut'nanner. As ick dor so sitt un tosomentell, seh ick: dor komt twee junge Deerns den Stieg rop, poppenlustig un munter — ick mok al de Dör open — se hebbt'n Waschmittel — eine Werbeaktion — dat grote, dat extragrote Paket, düsse Seep un düssen Buddel — ganz billig, veer Mark. Na, ick kann mien Froo jo ook mol'n Freid moken un billig inkäupen — ick nehm den ganzen Heidudelkrom. Un pack dat in de Köp op'n Disch. Un heff to düsse Looperee keen Lust mehr, ganz un gor nich! Wenn dat bie mien Froo ook so geiht, denn kann se jo to nicks komen.

Wat wär nu man noch? Och, de Breef! Da — do bimmelt dat al wedder! Den smiet ick rut, de dor nu noch wat will! Sünd twee Studenten — seggt se. Wüllt mi'n Zeitung ansnacken. Ick segg, ick bün doch nich verrückt — ick kann de, de ick al heff, nich mol mehr dorchkriegen. Denn sall ick jem doch een Stück afkäupen, wenn ick nich abonnieren will — dat do ick denn — un se goht weg mit 'n Grientje, as wenn se mi ansmeert hebbt — un dat hebbt se ook — dat is'n Modenblatt, mit Faschingmoden — vun vorig Johr.

Nu wedder bie den Breef bie? Ick heff gor keen Lust. Schrieben is jo ook nich as Strümpstricken, fangst bie de nächste Masch wedder an — nee. — Un mit mien Froo, dat is all verkehrt west, wat ick kofft heff — dat Brot, dor langt wi acht Dog mit, dat Waschmittel kann se nich utstohn, dat docht ook nicks. — Wenn ick mol alleen bün, seggt mien Froo, denn is wat los! Is ook wohr — blot Roh, de krieg ick nich.

SÜNN

Uns in Hamborg seggt se jo noh, wi kämen mit'n Regenscherm op de Welt, so'n slechtes Weder is ümmer in Hamborg, seggt se. Hamborger Smuddelwetter is jo sotoseggen weltberühmt. Wi seggt dor nich veel to. Wi hebbt jo ook feines Weder in Hamborg. Ober wenn wi denn to de Reisetiet in de Zeitungen un in de Beuker lesen dot: Spaniens ewig lachender Himmel! — denn denkt wi doch: dor muchst ook mol hen! Dor brukst morgens gor nich uttokieken: Wo süht dat ut? Gifft dat hüt noch wat? — Nee, dat weeßt du so: de Sünn schient hüt ook wedder — un ümmer wedder, jeden Dag. — Dat mutt jo wunnerbor sien!

Wunnerbor? Wi hebbt jo so'n Weder hatt — jeden Dag Sünnenschien — keen Druppen Regen — un dor denn villicht noch Wind bie, de dat allens noch mehr utdreugen dä. All dat Plantentügs leet den Kopp al hangen. Ick heff männigmol dacht: dat kunn gern mol'n beten regen! De Nacht dorch. Un denn heff ick dacht: wenn dat mol den ganzen Dag egolweg dolpladdern dä — dat muß jo herrlich sien! Un ick kiek morgens ut't Finster: wedder de Himmel ganz öberher hell un blau. Dat mokt mi ganz verrückt, heff ick seggt, ditt scheune Weder mit de ewige Sünn. Mien Froo hett seggt, ick sall mi nich versünnigen, wo oft hebbt wi noh Sünnenschien jankt! — Hebbt wi, jo, ober de „ewig lachende Himmel" — dat mutt sick jo'n Hamborger utdacht hebben noh acht Wochen Smuddelweder, un hett nich wußt, wat he seggt. Ewig! En Veddeljohr Sünnenschien bekummt di al nich.

Jeden Dag Koken un Wittbrot is ook nicks. Wenn du verreist west büst noh de Wittbrotfreters un kummst noh

Hus, denn argerst du di, datt du wedder henmußt, ober een godes hett dat jo doch: dat Swattbrot!

Un wenn de jungen Lüd sick ümmer bie de Hand holen un sick um de Schuller foten un sick antatschen dot — dat is ook 'n beten veel Sünn. Ober lot jem, se möt woll so. Ober wenn se denn al wat sinniger worden sünd un as utwussen Lüd ümmer noch een um den annern rumklucken dot mit „Liebling" un „Schatzi" un „mien Seuten" un „Herzing" un sowat — dat is to seut, ook toveel Sünnenschien, datt ick männigmol denken do, dat is gor keen Sünn, dat sünd Neonlampen, oder as Korl seggt: Nylonlampen. Hermann Schult sien Froo, wenn de mol nich mit em eenig is, grod denn seggt se to em „Schatzi". „Hol den Mund! Schatzi!" seggt se — un he seggt denn to ehr: „Segg nich Schatzi, wenn du Mors — wenn du Maiop meenst!" Un denn lacht de beiden. Op düsse Ort kummt de Sünn denn ook wedder dorch — se brukt jo nich egolweg vun boben dol to brennen.

As junge Mann heff ick dor öberhaupt nicks vun wußt, vun slechtes Weder. Krogen hoch un denn los! Dat wär ümmer scheun. Hüt frei ick mi, wenn ick Urlaub heff un de Sünn schient jeden Dag. Ick bün dor mol op Tour west — in een grotes, ganz grotes Holt, boben an'n Barg — stunnenlang to loopen — allens dodenstill. Mit'nmol sust dat in de Bäum, dat knackt un brickt — un denn geiht dat Unweder ook al los — in'n Oogenblick brust dat Woter den Barg dol, vor mi un achter mi, ritt Holt, Bläder, Steen mit dol — so heff ick düssen dodenstillen Wold noch nich kennt. As ick wedder buten bün, is dat en ganz anner Landschaft as de, de ick kenn. Ünnen de Stadt is weg in den Dunst, de Bargen dampt — de Gegend is mi ganz frömd. Wat du blot in'n Sünnenschien kennst, dat kennst du noch gor nich — ook bie Regen gifft dat noch Nees un Scheunes. Ewig Sünn, ewig lachen, dat gefallt uns doch nich. Un jeden Dag „Schatzi", — dat kunn mi ook keenen Spaß moken. Ick heur dat denn ook ganz gern, wenn se mol seggen deit: „Du Maiop!" — Mol mit, meen ick.

SCHOLARBEIT

Hüt hebbt wi jo all keen Tiet. Dat is nu mol so. Kannst di dor nich mol um kümmern, wat de Lütten for Scholarbeiten mokt — du muchst dat woll, ober du kannst dat nich. Büst nich to Hus, kummst noh Hus, wenn de Gören al to Bett sünd — oder wenn di de Oogen sowieso al tofallen dot.

Dat is al lang so west: heuchstens, wenn se grod bie sünd to schrieben, lettst du di dat Heft geben un kickst dor rin un weeßt gor nich, wat so'n Bengel al kann un wat he al könen mutt. Dor hest keen Ohnung vun. Ober seggen mußt du jo wat, meenst du — un denn seggst du: „Ober beter schrieben, mien Jung! Dat hest du jo bannig hensaut!"

Dat hett mi ook so gohn. De Lütt sitt un schrifft. „Lot mol sehn!“ segg ick. He gifft mi dat Heft. Ick les dor so'n beten in rum. Ick les noch'n beten, ick les ümmer wieder, ick les toletzt den ganzen Romon, den he dor schreben hett. Dor blifft mi meist de Luft bie stohn. — „Wat is *dat* denn?“ frog ick. — „Dat is'n Opsatz“, seggt mien Jung. Ick slog noch mol trügg — Thema: „Was ich Sonntag erlebt habe.“

Un de Bengel schrifft: Sünndag hett he Beseuk hatt vun siene beiden Fründ'n. Se sünd grod bie un drinkt Kakao, do kickt he tofällig ut't Finster, un do süht he: dat Swien vun unsen Nohber loppt in unsen Gord'n rum — dat schrifft he. Se sünd glieks opsprungen, de Jungs, — Rolf hett dor noch sien Taß bie umstott — ober se könt dat Beest nich kriegen. Dat tovt dorch den Kohl, brickt'n Wäschepohl um un loppt op Rolf los — de knippt ut un rin in't Hus. Toletzt — schrifft he wieder — is sien Vadder noh Hus komen, un do hebbt se dat Swien ut den Kohl rutdreeben un wedder röber brocht noh den Nohber. Un sien Vadder — also ick — seggt in den Opsatz noch den kloken Satz: „Swienfleesch in'n Kohl is got, ober keen, dat noch loopen deit.“

Dor is de Opsatz fardig, domols. Ick ook. He hett Sünndag gor keenen Beseuk hatt, uns' Nohber hett keen Swien, un dorum stimmt de ganze Geschicht nich. Dor is keen Wort vun wohr.

Ick kann gor nich recht wat seggen. Ick wies op dat Heft un segg: „Na, weeßt du — dat is ober 'n dulles Ding!“

„Jä“ säggt de Dichter, „wohr is dat nich. Sünndag wär jo nicks los. Do muß ick mi jo wat utdenken.“ Vun so'n Legenkrom will ick nicks weten. He seggt ober, vor'n Tiet heff ick to sienen groten Broder seggt, wenn he'n

Geschicht vertellen will, denn mutt he wegloten, wat dor nich toheurt — un — wenn dat nich anners geiht — ook noch'n beten todichten, datt dat man all got henkummt. Ick harr richtig seggt: tolegen!

Wat sall ick dor nu noch to seggen! Wat ick meent heff, kann ick em doch nich verkloren. Dor is he noch to lütt to. Un denn — ick weet nich — halv un halv heff ick dat Gefeuhl: he hett eegentlich gor nich mol unrecht. Ick wuß' nu anners nicks to seggen as: „Na, wenn du meenst, denn man to! Wi kriegt dat jo to sehn, wat dor bie rutkummt."

Dat sull soveel heeten as: Dor fallst du gewiß bannig mit rin — denn segg nich: ick heff de Schuld!

Noh twee Dog kummt he mit dat Heft an un smitt mi dat hen. Seggen deit he nicks. Ick slog dat op — unner den Opsatz steiht: *Gut!!* tweemol unnerstreeken. Erst weet ick ook nich, wat ick seggen sall — denn segg ick: „Na jo!" Wieder nicks. Ick weet nich mehr.

In so'n Fall — wat sallst du dor vun dienen Jung denken? Un denn: wat mag he woll vun mi denken un hollen?

EN BILD

Willy is'n groten Fründ vun scheune Biller. De kann he sotoseggen stunnenlank ankieken un hett dor sien Freid an. He will ook gern en Bild for sien Wohnstuv hebben. He kann ober keen find'n, dat he so gern lieden mag, datt he dor ook wat for utgeben will. Toletzt seggt he, he will sick sülben en molen — en Heidelandschaft, de mag he so gern. He fangt dor ook bie an. Datt he dat *kann*, dat gläuvt he ganz fast. Ober de Molers hebbt dat woll richtig lehrt mit all de Fisematenten — de komt dor fixer mit trecht — sien Moleree kummt nich recht vun'n Plakken, un do seggt Willy, he kennt'n richtigen Moler — de kummt dor woll gauer mit togang as he, de Slosser. Un denn geiht he hen noh den richtigen Moler un frogt em, wat he em woll'n Bild molen will. Jo, seggt de, wat for'n Bild denn? Een, dat bie em in de Stuv paßt, seggt Willy, twee Meter lang un 90 Zentimeter hoch — un denn mit'n Heidelandschaft op, de mag he, Willy, so gern lieden. „Wi fohrt Sünndag mol rut," seggt he, „denn seukt wi uns bie Wilsede oder so — dor seukt wi uns en Motiv ut, dat mi gefallt."

Dat dot se denn ook, un se find't ook wat. Annern Sünndag geiht dat wedder hen, denn sall de anner molen. Willy nimmt sien Froo ook mit, de sall Meddag moken un Kaffee koken. Se packt dat allens in den Wogen: Staffelee, Leinwand, Karbonoden, Kantüffeln, Pütt un Pann un Gaskoker, Gasbuddel un so — un denn hen noh den Moler — de is natürlich eben erst opstohn, en richtigen Künstler.

Na, se pedd't em 'n beten op de Hacken, se grabbelt sien Krom tosomen — un toletzt sust se jo los. Vor Meddag sünd se in Undeloh — wieder dröft se mit den Wogen nich fohren, dor fangt jo dat Naturschutzgebiet an.

„Denn wüllt wi hier man erst eten," seggt Willy, un denn klappt se den Wogen open un packt den ganzen Heidudelkrom ut. De Froo fangt al an un schellt Kantüffeln, un Willy mokt den annern Krom torecht, un as he den Koker ingang bringen will, hett he den Manometer vergeten. So kann he jo keen Gas kriegen. Willy haut sick vor'n Kopp — de Moler lacht em wat ut, de nimmt dat mit dat Eten woll nich so ernst, so'n Künstler, as dat is. De Karbonoden hebbt se Sünnobend al kofft, de möt weg. Ober Willy kennt dor eenen, bie den könt se sick dat Eten noch moken.

Denn ober nohher 'n beten fix los — to Fot — en gode Stunn — in de Hitt un mit de Karbonoden in'n Buk — un de Molersoken op'n Ast.

Toletzt komt se dor jo an — smiet den Krom vun'n Liev un verpust't sick erstmol — ober denn nu man ran! Se boot dat allens op — de Moler pliert al mit de Oogen in de Landschaft — dat kann losgohn. Mit'n mol ward de Moler so kieken un seuken.

„Wat is los?" seggt Willy. —

„Mann," seggt de Moler, „ick heff de Farben nich hier — de stoht noch bie mi in't Treppenhus!" —

Jä, wat nu? Willy kann sick jo nich veel utloten, vun wegen vergeten un so.

Do hebbt se allens wedder tosomenpackt un sünd dor mit noh Hus: noh ehren Wogen gohn, to Fot wedder, en gode Stunn — un denn in de Hitt. Wat se sick dor bie vertellt hebbt, weet ick nich. Soveel weet ick ober: as se in'n Wogen säten, hebbt se sick freit. Un kort vor Hamborg hett Willy seggt: „Annern Sünndag geiht't wedder los, ober *mit* Farben!"

Annern Sünndag hett dat regent. — Ober toletzt hebbt se doch noch'n Bild torechtkreegen.

„Denk di dat man nich so eenfach mit de Kunst", seggt Willy, „dor is veel bie vermokt, dat weet ick nu — un dat respektier ick ook." — „Ober du hest nu doch dien Bild!" segg ick. — „Dat mag ick nich lieden", seggt he, „dat steiht in'n Keller."

IDEALE

Lilo hett sick düsse Dog dacht, se will ehr Fründin mol beseuken. De is verheirot un hett twee Jungens. Een vun de Jungens hett hüt Geburtsdag, un dat, seggt sick Lilo, is eegentlich de Gelegenheit mol hentofohren. De Fründin wohnt een Autostund' vun Hamborg weg — Lilo sett sick in ehren Wogen un fohrt hen. As se dor ankummt un op den Hoff ropfohrt, komt dor twee junge Lüd ut dat Hus rut — mit Bort natürlich un lange Hoor. Wenn se nich in'n letzten Oogenblick den eenen — ehren Potenjung — noch wedder kennt harr unner den „Bewuchs" — vertellt se nohher — denn wär se doch an'n leevsten wedder umkehrt, ehr wär dat grugen worden. De Jungens sünd nu heel fründlich to ehr un vertellt, de Öllern sünd in de Stadt fohrt, se möt dor op dat Amt, komt ober glieks wedder trügg.

Se kokt sick Kaffee, Lilo hett Koken mitbrocht — un so mokt se sick dat denn ganz gemütlich. De Potenjung hett grod Abitur mokt, un Lilo gratuleert em un seggt: „Na, nu freist du di woll, wat?" —

Jo, seggt he, he freit sick, datt he den Krom nu los is. Ober all de Klimbim dor um rum, dor argert he sick öber.

— „Woso dat denn?" frogt Lilo.

Öber de Fier, de dat in acht Dog noch geben deit, seggt he. Erst mol harrn se em dat Tügnis jo man al geben kunnt. Nu kriegt se dat erst, wenn all de Öllern tosomenkomt. Fierlich. Vor all de Lüd. Un denn mit'n poor dammelige Wörd' vun den Direktor — wat de seggt, dat wet wi doch al lang.

Och, meent Lilo, dat kann se sick eegentlich ganz nett denken — eenfach so dat Tügnis kriegen, so as de Lohntüt an'n Freedag, dat is doch nicks, noh all de Johren Scholtiet.

Nee, he will dor nicks vun weten, de Jung — ümmer mit Gefäuhl un kloke Wörd' — dat is doch spießig — seggt he.

„Woso denn spießig?" meent Lilo. Jo, seggt he, ümmer — all de Johren — datsülbige — as bie Opa ook al.

Lilo seggt, dat gift eben Soken, de blievt as bie Opa — Brotbacken to'n Biespill.

Dat is ganz wat anners, seggt he. Bie so'n Fier, seggt he, dor gevt sick de Öllern — de kennt sick hier jo all — de gevt sick denn noch all de Hand un gratuleert een denn annern — sowat Bleudsinniges! Dat find' Lilo nu ook nich. De freit sick doch, datt ehr Jungens nu so wiet sünd.

„Könt se jo", meent de Jung, „dor möt wi doch nich bie sien!"

„Wat wörst du denn moken?" frogt Lilo.

„Ick wör mien Öllern un mien Fründin to'n Eten inloden", seggt he.

„Na", seggt Lilo, „dat kannst du jo liekes ümmer noch don."

„Ick heff man keen Geld", seggt de Bengel. Do lacht Lilo. — „Ick heff nich mol Geld for mien Auto", seggt he, „dat mutt al so lang Ölwessel hebben!" — „Na", seggt Lilo, „ick schenk di twindig Mark — to dienen Geburtsdag — dat helpt dor jo villicht 'n beten mit to — oder is dat ook to spießig?"

Nee, nee, dor freit he sick bannig to, seggt he. Un sien Broder ook — dat Auto hett ehr Vadder jem nämlich beide mol schenkt, datt se sien Auto nich kaputtfohrt.

Nohher komt de Öllern noh Hus. Do seggt de Jungens, se wüllt in't Kino fohren. „Dat könt ji jo nich", seggt de Mudder, „ji hebbt jo gor keen Geld." — Doch, seggt de beiden, se hebbt nu wedder Geld — nu könt se wedder 'n beten for ehre Ideale don. Lilo seggt gor nicks, se hett sick de Ideale en beten anners dacht — villicht hett se ook an dat Eten mit de Öllern un de Fründin dacht. Nich blot an den Ölwessel. An't Kino gewiß nich. So geiht ehr spießiges Geld nu hen. Ick will dor nicks to seggen. De Jung hett jo sien Abitur mokt.

Ober Unnerscheed — as de Plattdütschen seggt — hett he woll noch nich lehrt.

VOR LANGE TIEDEN

Vor'n Tiet hett mi een schreeben, ick sall doch noch mol vertellen, wat wi domols in München ... — dat kunn ick jo ruhig mol don — ober denn mutt ick to erst — ick mutt erst mol seggen, datt ick mi ook al allerhand versocht heff — dor kann dat eegentlich nich an liggen, datt ut mi keen Generaldirektor worden is oder keen Minister — sünst studiert heff ick ook — is wohr — toerst in München. Dor wär dat domols noch ganz anners as hüt — dor wär dat ook ganz anners as in Hamborg.

Dat wär to de Tiet, as se unsen Macker Hans nich mit de Strotenbohn mitnehmen wullen. Dat wär'n heeten Dag, un Hans harr sienen Hot to Hus loten. Do sä de Strotenbohnschaffner to em, so'n Kerl, de keenen Hot harr, wull he nich mitnehmen — so'n Schlawiner, sä he. Hans harr keenen Bort, he harr keen lange Hoor. Blot'n Hoot harr he nich. — Na, dat is jo ook al lang her. He wär woll nich fein genog for de Strotenbohn — so as se dat domols verstohn dä'n. Un dat kunnen wi woll nich verstohn. Wi wären woll noch nich ganz gorbackt.

Vorher, as wi noch op de Schol wären, harrn se uns ook bald vun de Schol jogt, ook wegen so'n dummen Krom. Dat wär so heet, se mussen uns eegentlich freegeben, dachen wi. Ober dat dä'n se nich, de Scholmeisters. Do hebbt wi uns all den Rock uttrocken un uns in Hemdsärmel hensett. Dat wär domols woll slimm, so as wenn du hüt in de Unnerbücks öber'n Jungfernstieg geihst — oder villicht is dat hüt gor nich mol so slimm, ick weet dat nich genau. Domols wären de Lüd — un ook de Scholmeisters — so zipp — kannst di hüt gor nich vorstellen. Na, wi kregen enen hushogen Larm, un dat wär meist scheefgohn mit uns.

Ober ick will jo eegentlich dat anner vertellen, vun den Professor. Wi harrn eenen ganz berühmten Professor an de Uni, Hermann Paul hett he heeten. He wär Germanist. De vun düsse Soken wat kennt, de kennt sienen Nomen, ook hüt noch, wo he al lang dot is. Nu wär dat domols in München bannig wietlöftig. Wi mussen männigmol vun wiet her loopen oder fohren, wenn wi vun een Institut noh dat anner wullen. Un keumen denn to de nächste Vorlesung nich ümmer ganz to rechter Tiet.

Bie Paul gung uns dat ook so. Wi keumen ümmer sowat twee Minuten to lot. He harr denn al anfungen. De annern Professors in so'n Fall snacken ruhig wieder un dä'n so, as wenn nicks loswär. Ober Paul sweeg denn bums still — un kek uns noh, bet wi uns fix eenerwegens op'n Platz drückt harrn. Dat gung denn in de Stunn ümmer mehrmols so.

Dat arger uns bannig — un de al dorwären ook.

„Dat bring ick em bie," sä Hans, „datt wi dat nich mögt!" So'n Oos wär he. Ober so'n groten Mann dat biebringen — dor lachen wi öber!

Eenen Dag is Hans nich dor. Paul snackt un schrifft an de Tofel. Paul sien Pult steiht an de eene Wand vun so'n groten Sool, mit Finstern an beide Sieden. Un links un rechts vun sien Pult is'n grote Dubbeldör — dor möt wi rin. De Sool stiggt noh achtern an, datt se em ook all sehn könt. Un links un rechts geiht'n Gang hoch un in de Mitt ook.

Dat is al'n Veddelstunn öber de Tiet, do geiht de linke Dubbeldör open, un rin kummt Hans. Paul swiggt bums still. He argert sick, dat is to sehn. Wenn sünst een to lot kummt, denn drückt de sick fix in en Bank rin, datt de Krom man wiedergeiht. Hans deit dat nich. He kladdert sutje den linken Gang rop bet ganz noh achtern. Un sett sick *noch* nich dol. Dat is dodenstill. Hans geiht achtern den Gang noh rechts röber un stiggt rechts den Gang wedder dol. Keen Minsch mag Luft holen. Hans geiht op de rechte Dubbeldör to. Paul is ganz wittnäst. As Hans den Drücker in de Hand nimmt, seggt Paul: „Halt! Was wollen Sie?“ Do mokt Hans 'n Bückel un seggt:

„Verzeihung, Herr Geheimrat, ich dachte, hier wäre Vorlesung!“ mokt de Dör op un is buten.

Paul hett sick dat doch markt. Wär dat nu antiautoritär — oder wat wär dat?

KLASSISCHE BILDUNG

Du mußt gor nich allens weten. Dat is ganz got, wenn de Minsch een Deel nich weet. Denn regt he sick dor nich öber op. Dorum hett dat ole dummerhaftige Lehren gor keenen Sinn, in de Scholen un so. Natürlich: reken lehren is ümmer got, datt du dat nohtellen kannst, wat du to kriegen hest. Dat heet: for 2 + 3 = 5, dor sünd se hüt ook nich mehr so dull for; mußt di mol ankieken, wat de Kinner hüt in ehr Rekenheft schrieben dot!

Jedenfalls: soveel steiht fast, mit Schiller un Goethe wären wi noch nich op'n Mond. Un so'n Krom erst: Zeus un Jupiter un Hermes — dor kannst keen Atombomben mit moken, — oder anners wat, wat wi so neudig hebbt. Nee, dat is direkt schädlich, dat is gefährlich, wenn du son'n Grappen in'n Kopp hest as de olen Helden un de olen Götter. Dor gläuvt sowieso keen Minsch mehr an — an de Helden un an de Götter — also goht se di wiet vorbie. Dat heff ick domols man noch nich weten, as ick noch to Schol gung — harr uns ook nicks holpen, wi harrn dat doch in unsen Kopp nehmen mußt. Ober ick segg, dat kann eenen direkt to'n Schoden utslogen, wenn he den Krom sien Leben lang mit sick rumslept.

Also dat wär so:

Ick bün mol in en lütte Stadt fohrt west — dor kömen wi tosomen un wullen uns besnacken — en poor Dog lang — dor wär dat ober so vull in de Stadt — se kunnen de Minschen nich all unnerbringen in de Hotels — un do hebbt se mi eenerwegens privat hengeben — mi un enen jungen Mann. Wo wi unnerkömen, dat wär en Slachter, en netten Minschen. He harr en hübsches lüttes Hus — jeder vun uns kreeg en Stuv for sick. Un denn harr he noch enen groten Hund, enen Dobermann, den harr he fein africht't, de heur em op't Wort.

Den letzten Obend wullen wi all noch mol gemütlich tosomenblieben, un ick sä to den Slachter: „Hüt ward dat woll lot. Hüt sünd Se woll al to Bett, wenn wi noh Hus komt, de junge Mann un ick. Wie mokt wi dat, datt wi denn rinkomt?“

„Och, dat is ganz eenfach,“ sä de Slachter, „ick gev Se 'n Slötel mit. Ober een Hoken is dor noch bie: de Hund! De liggt nämlich hier op de Deel in sienen Korv — un lett keenen Minschen rin — de fritt jeden op. Ober wenn Se sienen Nomen ropt — Kusch, Hera! — denn geiht he in sienen Korv un lett Se dorch. He kennt Se nu jo ook al'n beten. Könt Se dat beholen: Kusch, Hera!?“ —

Ick sä: „Klor kann ick dat beholen! Hera, die Göttermutter, die Gattin des Zeus — dat heff ick in de Schol lehrt — bie de olen Griechen!“

Na, denn is jo allens got. Wi goht jo los, de junge Mann un ick, den Slötel heff ick in der Tasch. Un dat ward en sehr langen Obend. Vun allens hebbt wi snackt, vun em un vun ehr, un lacht hebbt wi — un drunken hebbt wi — jo, natürlich, drunken hebbt wi ook wat. Klock twee mokt wi uns op'n Padd, de junge Mann un ick. Wi mokt op de Vordeel Licht — un do geiht't los! De Hund tovt as verrückt, mokt di enen Larm un springt ümmer mit de Tähnen gegen de Glasschiev an, de dor in de Dör is.

Ick rop: „Kusch, Juno!“

Nützt nicks, de Tiff speelt wieder verrückt. Un ümmer duller.

„Kusch, Juno!“ rop ick, „Platz, Juno!“

De Schiev is al ganz beslogen — un wat so'n Tier for'n Gebiß hett — dat kunnen wi richtig sehn — gräßlich is dat jo!

„Wat nu?" segg ick, „hier komt wi nich rin!" —

„Jä", seggt de junge Mann, „ick heff em vergeten — ober se möt den Nomen ropen, enen vun de olen Griechen."

Richtig! Ick rop ümmer Jupiter sien Froo, vun de Latinschen! Zeus sien mutt dat sien!

Un mit Hera klappt dat denn ook. Wissen ist Macht ... mußt bannig bie oppassen, bie düsse Macht.

TANTE ANNA

Wat mien ole Tante Anna west is, de hett jo keenen Mann hatt. Man got: se hett ook gor nich koken kunnt — dat hebbt wi as Kinner al markt. Ober Tüg neihn, dat kunn se ut'n ff. Jeden Antog hett se uns neiht un jeden Wintermantel — bet wi so olt wären, datt wir dor nich mehr mit losgohn muchen. Nee, neiht wär dat allens got, tadellos, ober se harr dor so'n eegen Ansicht över, wodennig so'n Antog utsehn muß — so'n beten oltfränksch. Wenn wi em anharrn, sä se toletzt: „To seut süht de Jung wedder ut!" Dor hebbt wi uns schändlich över argert, över so'n Wiebersnack — as Jungs al. Wi wullen gor nich seut utsehn — wi wullen richtiges Jungstüg anhebben, nich so'n halben Deernskrom.

Dat gäv' hushogen Larm. Mien Mutter heur ümmer op Tante Anna. Un de sä, wi sullen nich blot ortig sien, wi sullen uns fein benehmen — dor wull se woll for sorgen. Ober fein is gor nich eenfach. Dit un dat — sä se alle Näslang — das tut man nicht! As ick erst 'n beten oller un frecher wär, freug ick denn mol: Wer is dat eegentlich: man? „Man?" sä se, „dat sünd de vornehmen Lüd. Un dor möt ji noh henstreben, datt ji ook vornehm ward, wenn ji utwussen sünd."

Ick wuß ober gor nich, wat dat for Lüd wären, de vornehmen Lüd, un wo de an to kennen wären. Se hett uns denn'n poor mol welk wiest — do bün ick dor so'n beten achterkomen. De'n goden Antog anharr un noch ordentlich'n beten Geld harr, de wär mehrstendeels vornehm — ober nich all: uns' Onkel William harr 'n goden Antog an un harr ook Geld, ober de wär nich vornehm. En bunten Krom, dück mi, ober een Deel wär jo doch ganz klor: De keen Geld hett, de is op jeden Fall nich vornehm.

Denn käm dat dor nu jo op an, datt wi düchtig Geld verdeenen dän — na, dat wull ick woll henkriegen. Ober denn sähg ick in, datt dat gor nich so eenfach wär. Dor heur sowieso noch allerhand mehr to, wenn ick vornehm warden wull. Dat hett mi de Lust dort eegentlich to verdorben. Wenn dat noh Tante Anna gung, denn heur dor ook noch'n lütte nette Krankheit to. Jä, wat? Dor wunnerst di, nich? En ganz un gor gesunnen Minschen, den von boben bet unnen nicks fehlen dä, dat wär in Tante Anna ehr Oogen man en ganz geweuhnlichen Minschen. As ick mi grod verheirot't harr, do sä Tante Anna mol: „Dien Froo, dat is jo so'n Robuste. De is jo gesund as'n Dragoner." Dat sull denn soveel heeten as: mit de kann jo nicks los sien. So'n Minsch — so'n Dragoner — de hett jo for de besten Soken gor keen Gefeuhl. Jo, wenn se dat mit'n Mogen hatt harr oder mit de Gall oder so — jo denn! Oder noch beter mit de Nerven! Mit de Nerven, dor fangt dat Vornehme eegentlich erst richtig mit an. An besten so'n beten melanklüterig — mit Seelenpiepen jeden Dag. Oder richtig mit dat „Gemüt", as Tante Anna ümmer sä. Gemüt — dat is nämlich'n Krankheit — en feine. So'n lütten sanften Klaps — as ick ümmer sä — noch ganz orntlich, ober doch nich mehr all de Nodeln in'n Dutt. Dat wär wat west! Ober dor kunn mien Froo keenen Stoot mit moken.

Tante Anna harr dat natürlich hier un dor sitten. Meisttiets harr se dat in de Siet. Wenn wi ehr dor noh frogen dän un dor richtig mit ehr över snacken — denn wär se fein toweg. Mol wär se bie uns to Meddag un klog sick öber all ehr Leiden orntlich ut — un dor hau se in dat Eten bie rin, dat wär en Lust antosehn.

„Oh, dat freit mi ober, Tante Anna", sä mien Froo, „datt di dat wedder so got smeckt!"

Do harrn ji ehr mol sehn mußt — se smet de Gobel hen, as wenn se gleuhnig wär, un reup: „Mi? Mi smecken? Ick sluk dat dol, datt ick bie Kräften bliev!" Un ät vun den Oogenblick an keen Stück mehr. — Un ick un wi? Wi hebbt keen Geld un keen Nerven — dor kann jo nicks ut warden — un is sowieso to lot.

AUTO

Mi hett een schreeben, ick harr hier mol wat över Autos vertellt, so as wi se kort noh den Krieg harren, dat sull ick doch noch mol vertellen, datt sien Söhn dat mol marken dä, woto so'n Auto eegentlich got is. Ick gläuv, ick heff mehrmols wat över Autos seggt, ober wat, dat weet ick nich mehr. Sünst, weten do ick dor woll wat över. Un wenn den annern sien Söhn meent, dat Auto is blot to'n Vergneugen dor, denn weet ick doch wat, wo dat Auto ganz un gor keen Vergneugen is. Dat bün ick jo nich alleen, — dat gifft jo genog Lüd, de weet, datt dat Auto nich ümmer en Vergneugen is.

De dat Auto erfund'n hett, wat de sick dacht hett, wet wi jo ook woll nich. Hett he meent, dat sall uns Spoß moken, oder hett he meent, wi süllt dor 'n beten fixer mit vun'n Placken komen? Wenn du dat nich ümmer mußt, den mokt Autofohren ook Spoß, dat is mol klor.

Ober de Hauptsok is doch woll: mit dat Autofohren sport wi'n barg Tiet. Ick kann dat nich utstohn, wenn ick eenerwegens en Vertelstund op de Bohn oder op'n Bus teuben mutt. Un denn noch 'n Dreevertelstund' fohren sall — wat ick in twindig Minuten — heuchstens! — mit dat Auto afmoken kann. In de Tiet kann ick jo beter to Hus op't Sofa mien Tiet vertrödeln — op'n Bohnhoff mag ick dat nich. Ober hüt dot de Lüd jo so, as wenn dat Auto to'n Vergneugen dor is un to wieder nicks — hier kannst de Feut beter loten, dor kummst beter rut, un dat Polster is richtig bequem — un all sowat, un allens to dien Vergneugen.

Denn mutt ick dor an denken, wat ick mi freit heff, wenn mien Fründ Willi mi mitnohmen hett in sien Auto, datt ick nich loopen muß un nich op'n Bohnhoff rumluern muß. Dat wär kort noh den Krieg, dat gäv domols jo nicks. Dat wär so'n Dreerad sien Auto. Un dat gung, dat Dings! Willy harr'n Zettel an de Schiev backt: Nur für Schwindelfreie!

„Wat sall dat denn heeten?" frög ick.

„Stieg man in!" sä Willi. „Ober seh di vor, datt du nich mit de Feut dorchpedden deist! Mußt den linken Fot dorhen un den rechten hierhen stellen." As wi denn fohren dä'n, wuß ick, wat dat heeten sull: Nur für Schwindelfreie! Wenn ick dolkieken dä, denn sus dat Strotenploster unner mi weg — kunnst dorchkieken, dorch den Wogen, dor wär gor keen Fotbodden in — ober loopen dä de Kist, un dat wär de Hauptsok.

Vertellen kunnen wi uns nicks, in den Larm kunnen wi uns nich verstohn. Eenmol bölk Willi mi wat direkt in't Ohr, dat kreeg ick mit: „Keine Ausstattung, nur Qualität!" reep he. Grod as he dat seggt harr, smeten wi um — he harr to hoch lod't.

Dat wär in de Kurve an'n Mohnhoff. Veel Verkehr wär domols jo nich — wi hebbt den Wogen wedder henstellt un oplod't — un kunnen wiederfohren — so'n Qualität wär dat! Bie Mölln bleev dat Oos stohn. Willi steeg ut, klapp den Deckel hoch, ret dor'n beten an de Dröht, steeg in, un wi fohren wieder.

Mol kömen wi obends vun Wedel, do mussen wi schuben — Willi harr dat beter, he stüer. Do hett he de Lampen utdreiht — do gung de Zündung wedder. Se hebbt uns ook nich fotkregen. — Kort achter Oldesloe bleev dat Beest ook mol wedder stohn. Noh Hamborg schuben, dat muchen wi nich. Do hett Willi dat bie'n Slosser ut'n een reten un sähg, de Zündung harr in den Kolben en rundes

Lock brennt. In ditt Lock hett Willi en Aluminium-Niet haut, un dor sünd wi ganz mit noh Hus fohrt. So wär dat, as wi fohren mussen (un nich blot mol Lust harren).

Qualität un Utstattung — en beten läg dat ook an de Qualität vun den Fohrer.

WAT IN DIT BOOK INSTEIHT